こころの相続

五木寛之

JN073437

SB新書
510

こころの相続　目次

第3章　相続するもの　しないもの

第4章 記憶力よりも回想力

第5章 日本人としての相続とは

第6章 いまこそ記憶の相続を

第1章

こころの相続とは何か？

なぜいま相続を考えるのか

昨年の後半、まだ新型コロナウイルスの騒ぎが起こる前のことですが、あまり縁のないところからしきりと講演の依頼がくるようになりました。

これまで、ほとんど縁のなかった分野の業界からなので不思議に思いました。経済団体とか、新聞社・雑誌社の経営セミナーとか、ときには信託銀行などの企業です。

私は、ふだんは文化ホールや学校、また地方の公民館や、お寺さんなどで話をすることがほとんどです。経済やビジネスの世界などにはほとんど関係がないので、けげんな気がしました。

それでも頼まれれば出かけていきます。私は講演というか、人に話をすることを文章を書くことと同じように、あるいはそれ以上に、大事な仕事だと思ってきたからです。

しかし、行ってみて、改めて戸惑うことが多い。いわゆる文化講演会ではなく、何時間もプログラムされたセミナーの一部だったりするからです。前後には、専門の評論家や経済学者などの名前が並んでいる。ときには竹中平蔵さんなどという、著名なゲストの名前が並ぶこともありました。

そんな場ちがいな場所で、小説家にどういう話をさせようというのか。

演題を見ると、どうやら、「相続」に関するもののようです。集まっている聴衆は、相続問題について勉強をしようという人びとであるらしい。

私はいつも即興で喋《しゃべ》るので、タイトルはほとんど気にしていません。ただ、それにしても「相続」がテーマとはどういうことか。そこで、担当者に尋ねました。

「どうしてぼくがこういう会に呼ばれたんでしょうか」

するとは相手はうなずいて、

「五木さんが先ごろ経済雑誌のインタヴューでお話しになっていたことに、各方面から非常に関心が集まっておりまして」

「ぼくがどんな話をしたんでしょうね」

「魚の骨ですよ。あれは私もなるほどと、すこぶる共感いたしました」

「え？　魚の骨？」

「ほら、若い女性編集者が、秋刀魚《さんま》の焼いたのを見事に綺麗に食べる話」

「ふーん」

そう言われてみれば、そんな話をしたような気がします。

あるとき、出版社との打合わせのあとで、近くの食堂で編集者数人と食事をしたときのエピソードです。

その中に二十代と思われる新人の女性編集者がいて、控え目にみなの話を聞いていたのです。なよなよした感じの全然ない、ボーイッシュな娘さんでした。食事のあと、彼女の前のお皿を見て、ひどく感心したのです。

魚の食べ方も相続

私は昔から魚の食べ方がとびきり下手でした。魚料理は好きなのですが、食べ終えた皿の上を見て、気恥かしい思いをするのが常だったのです。

魚の残骸というか、骨や皮や頭や尻っぽがグチャグチャになって、見るに耐えない惨状を呈している。

ところが、そのとき焼魚定食を食べ終えたあとの、若い女性編集者の皿の上を見てびっくりしてしまいました。

魚の骨が、まるで標本みたいに、じつに綺麗に皿の上に横たわっていたからです。

最近、そんなふうに見事に、魚を食べる若者を見たことがありません。

私がまじまじと皿を眺めているのを見て、同席した男性編集者が、けげんな顔で「どうかしましたか」と聞きました。

「いや、彼女、すごいね。最近こんなに綺麗に焼き魚を食べる人は見たことがない」

「たしかに」

「きみの皿なんかひどいもんだ。遺跡を掘り返したみたいじゃないか」

「イツキさんだって爆弾が落ちたジャングルみたいです」

自分の皿が話題になって、照れくさそうにしている女性編集者が、笑いながらこう言いました。

「私の家では、母が魚の食べ方にうるさかったものですから。その母も、昔は祖母からいつも叱られていたそうです」

「なるほど」

祖母、母親、娘と、三代続いた魚の食べ方とあれば、見事なのも当然でしょう。

ふとかたわらの若い男の編集者を見ると、箸を棒のようにワシづかみににぎって、ご飯をかきこんでいます。

そのときふと思ったのは、親や家から相続するのは、財産ばかりではないのだな、ということでした。土地や、株や、貯金などを、身内で相続するのは当然のことです。しかし、人が相続するのはモノだけではない。目には見えないたくさんのものを私たちは相続するのではないか。

魚の食べ方などは、その一つにすぎません。実際には驚くほど多くのものを、私たちは相続しているのかもしれません。

自分が親や家から何を相続してきたのか。子どもたちや子ども世代に何を相続させるのか。それを改めてちがう角度から、見直したほうがいいと気づいたのです。

お金や土地より大切なこと

ですから、その後、機会があるたびに、私はそのときのエピソードを引いて、相続というのは、週刊誌で特集されているような、土地や株などの物質的な財産だけではない。目に見えない財産を相続することも、相続のうちにはいるのだ、と話をしたりしたのです。

そうこうしているあいだに、急にいろいろなところからの講演の依頼がふえてきました。おそらく私の話を聞いた人びとが、それぞれ持ち帰り、講演の内容に興味を覚えはじめたのでしょうか。

弁護士や計理士などの専門家を呼んで、経済に関する話をしてもらうことも大事だけれど、それだけではリアルすぎるから、箸休め的に私の話を挟んだらどうかということになったのかもしれません。

こうした話をしながら、私はつねに考えていました。

では、自分は、両親から何を相続したのだろうか。

引揚者の我が家は、生活に苦労していたので、財産どころか借金を相続しかねない暮らしでした。

私は、敗戦のとき、北朝鮮の平壌《ピョンヤン》に住んでいました。そこでソ連軍の第一線部隊から大きな被害をうけ、病弱だった母を失い、裸一貫で引き揚げてきた引揚者です。

そのショックで無気力になった父と幼い弟妹とともに、当時、わずか十三歳の中学生だった私は、必死で脱北をはたし故国へ帰ってきたのでした。引き揚げてのちも、生活の苦労はついてまわり、父は不遇なまま一生を終えました。

ですから長い間、私は親から何一つ相続していない、と思いこんでいたのです。

しかし、最近、夜中に目が覚めたときなどに、つらつらと来し方行く先に思いをめぐらせていますと、「いや、そうではないのではないか」という思いがしきりにこみ上げてくるようになりました。

考えてみれば、目に見えないものを受け継いでいるのかもしれない、という気が少しずつ大きくなってきたのです。そんなことを考えていると、

「自分は、じつは相当なものを相続していたんだな」

と思えるようになっていました。

「こころの相続」とはそういうことです。

ちょっと優等生的すぎるかなと思いつつ、ほかにいい言葉が見つからないので、金や土地の相続より大事な相続について考えてみることにしたのです。

見えない相続が人をつくる

旅行先などで、同行した人の歯の磨き方や顔の洗い方など、習慣的にやっていることが、まったくちがっていて、びっくりすることがあります。

たとえば、朝起きたらすぐに歯を磨く人がいます。睡眠中にたまったプラークをとらずに食事などできない、というのです。その一方で、歯磨きは、食べかすをとるためにやるのだから食後に磨く、という人もいます。

あれこれと理由をつけるのは、「後出しじゃんけん」のようなものです。習慣になっているのは、おそらく、親の背中を見て育っているからでしょう。

日常的な些細《ささい》なことではなくても、「親の背中を見て育つ」と言われるように、親が一生懸命にやっている、その背中を見て、その一生懸命さを相続することは多々あるのではないか。

たとえば、ご飯を食べるときに、ご飯は左側、汁物は右側におき、必ずお腕を一口飲んでから、ご飯に箸をつけるという若いテレビ・ディレクターがいました。

家族はみなそうやっていたから、それ以外の食べ方は考えられないという。これは、たしかに作法にかなっていることです。彼は、きちんとしたしつけを受けて大人になったのでしょう。

また、料亭に行ったとき、靴をぬぐのに時間のかかる人がいました。

私などは、足をもぞもぞとさせて無造作にぬいでしまうのですが、彼はちがう。

「父親にうるさく言われたので」

と言いつつ、靴ひもをきちんとほどいて、ぬぐのです。

履くときも同様で、私は、靴べらを使ってむりやり押し込むのですが、彼は、ひもをキュッキュッと締めて結んでいます。スリップオンの靴でないかぎり、これは当たり前のことのようでした。

秋刀魚の食べ方を、教科書で学ぶというわけにはいきません。図解で示されても、ディテールはわかりませんから、やはり、親の食べ方から学ぶしかなさそうです。

とはいえ、前述の女性編集者のように、綺麗な食べ方を相続していればいいのですが、そうもいかないところが難しい。

たとえば、出された料理に片端からドバドバ醤油をかけてしまう人がいます。これは料理人が顔をしかめることなのですが、おそらく、親が同じことをしていたのを見て育ったのでしょう。

そういう意味で、おふくろの味も、最近はパン食が多くなって、相続が難しくなっています。居酒屋でおふくろの味がもてはやされるのは、「こころの相続」が次第に失われてきたからかもしれません。

朝、とんとんと野菜を刻む音がして味噌汁の香りがただよう。私も、そんな体験を相続できなかったことを残念に思うこともしばしばです。

喋り方も仕草も贈与

私の喋り方は、形のうえでは共通語ですが、アクセントやイントネーションはまったくの九州弁です。正確にいうと、福岡の筑後弁で、柿と牡蠣の区別がつきません。橋も箸も一緒になってしまいます。

若いころには、青森県出身の寺山修司《てらやましゅうじ》さんと、栃木県出身の立松和平《たてまつわへい》さんを合わせて「三バカ方言作家」などと、からかわれたものでした。

この喋り方は、まぎれもなく私が父母から受け継いだものです。両親ともに福岡人ですから、家庭内の会話は、百パーセント九州弁でした。この年になってもまだ、両親から相続した喋り方が消えていません。

食べ物に関する嗜好も、味つけの好みも九州由来で、両親からの相続です。

私の家では正月の雑煮に入れる餅は、丸い餅でした。餅とはすべて円《まる》いものだ、と思い込んでいました。東京へ来てから四角い餅の存在を知ったのです。

また正月の雑煮に鶏肉を入れ、味噌仕立てにするのも、郷里の流儀でした。

また、私は中年期に達するまで、家の宗旨に無関心でした。

しかし、ときたま、子どものころに両親が仏壇の前で、何か唱《とな》えているのを思い出すことがありました。記憶の底をたどってみると、

「キーミョームーリョージューニョーラーイ」

という呪文のような文句が浮かびあがってきます。これが『正信偈《しょうしんげ》』という、真宗門徒の唱《とな》えるお勤めの言葉であることを知ったのも、かなりあとになってからのことです。親鸞がまとめ、蓮如が定めた真宗の作法の相続が忘れられていたのです。

人との挨拶の仕方、お礼のいい方、そのほか数えきれないほどのものを私は両親から相続しているのですが、残念ながら綺麗な魚の食べ方は相続していませんでした。

以前、韓国の地方の駅のキオスクで買物をして、売り子の娘さんが釣り銭を差し出すときに、右手の肘の下にそっと左手をそえて渡してくれたのが、すごく優雅に感じられたことがありました。

韓国で昔、長袖の服を着ていたころの名残りでしょうか。

家というより、社会から相続した身振りだったのかもしれません。

親や先輩からだけとは限りません。私たちは、社会からも、見えないさまざまなものを相続しているのです。

集団で想いをつなぐ

相続には、個人から個人に相続されるものだけでなく、文化や風習のように集団から集団への相続などいろいろあります。いずれも、絶やしてはならない「こころの相続」と言えます。

先日、巨大台風が日本を襲い、浸水や河川の氾濫があちこちで起きました。

私は、もう半世紀以上前の昭和三十六年に、長野県の南部、伊那谷《いなだに》を襲った大災害のことを、月刊誌のルポルタージュに書いたことがあります。

俗に「三六災害《さぶろくさいがい》」と呼ばれるものです。

天竜川の氾濫により、当時、日本三大桑園の一つと言われた桑畑もほぼ壊滅して砂漠になり、集落はゴーストタウン化して、上流では土砂崩れや鉄砲水で、多くの死者も出た大災害でした。

この「暴れ天竜」と言われる川の異名そのままの災害の一年後、雑誌にルポを書くために、国鉄（現ＪＲ）飯田線の川路という小さな駅に降り立ったのです。この取材のとき、被災者がお年寄りから、

「谷筋に家を建てるな」

と言われていたのに、と、悔やんでいたことを思い出しました。

水害の危険性があるにもかかわらず、人は川の近くに住みたがります。それは仕方がないことなのでしょう。人の生活に、水を欠かすことはできません。人びとは、農業だけではなく、炊事や洗濯に水を使い、野菜を洗うにも川の水を利用してきました。ですから、どうしても川の近くに家を建てたくなります。

しかし、「谷筋に家を建てるな」という先祖の忠告は、「こころの相続」として受け止めるべきだったのでしょう。

東日本大震災のときにしても、津波がきたらどうするのか、「津波てんでんこ」などという言い伝えも話題になりました。つまり、他を顧みずとにかく自分が助かることを考えろ、という教訓です。こうした教訓がしっかり相続されていたら、被害は減らせたのかもしれません。

家にいるはずの肉親を案じて、戻ったばかりに命を落とした、という話も聞きました。

「家族は普段からの申し合わせ通り、きっと逃げている」

心を鬼にして、そう信じるしかない局面もあったにちがいないのです。

風化する戦争体験

私が「こころの相続」の大きなテーマとして、何としても伝えなくてはと思っているのが「記憶の相続」、なかでも戦争の記憶です。

戦争の話など、聞き飽きたと言われるかもしれません。

じつはその通り、聞き飽きるような戦争の話、風化しても仕方のない戦争の話しか伝わっていないのです。

私の記憶にある戦争は、そんなものではありません。

戦争が終わってすでに七十五年を過ぎようとしています。私たち世代にとっては生々しい記憶が残る戦争ですが、戦争を知らない世代が多数を占めるようになった現在、その記憶は薄れつつあります。

そんな中で、

「戦争で北方領土を取り返すことに賛成ですか、反対ですか」

などと、元島民の方に尋ねた国会議員が話題になりました。こうした発言をするということは、戦争の悲惨さが相続されていない何よりの証しなのではないか。戦争に対する恐怖とか、戦後、私たちが感じた戦争への反発などが薄れている気がしてなりません。

たとえば、明治二十年代の中国に対する日本民衆の侮蔑感《ぶべつかん》、反感のすさまじさを、いまの私たちは想像することができない。また日露戦争前の、ロシア討つべし、という国民の対露感情の異常な盛り上《あが》りも理解できません。

私が、おぼろげに記憶している昭和十二年の南京陥落のときの、国民の熱狂ぶりを伝える昭和史の本はほとんどありません。リオのカーニバルどころではない、狂乱の祭典だったのです。

当時、津々浦々《つつうらうら》でくりひろげられていた時局講演会では、どこも入場者があふれる盛況でした。

その一方で日清戦争と日露戦争の谷間の時期、全国農村を席巻した仏教革新運動の嵐について語る書物はほとんどありません。戦争待望の熱気と同時に、苦悩する魂の救いを求めて、『歎異抄講話《たんにしょうこうわ》』が空前の国民的ベストセラーになった時代があったのです。

また、戦争と言えば、それがどう始まり、どう展開したかなど、「大局」ばかりが話題になります。一人ひとりの兵士のことなど、いままでほとんど伝えられず、遺されもしないできたのです。

戦争の実態や現実を知らないと、戦争とは敵と戦うことである、と思ってしまいがちですが、そうではありません。戦地では、戦闘以前におぞましいほどの悲惨な生活がありました。

栄養失調や病気との戦い、体重の半分もある重装備での行軍《こうぐん》で足の皮がむけ、体力も気力も使い果たした兵士の自爆など、自分との戦いで死んでいく兵士も多かったのです。

ですから私は、日本軍兵士の記録を見るだけで、その悲惨さに、鳥肌がたつような嫌悪感を覚えずにはいられません。その点で、たとえば、後で触れる『日本軍兵士』(吉田裕著/中公新書)などは、一人ひとりの兵士の現実に目を向けた名著だと思います。

戦中派の私は、語り継ぐべき記憶をたくさん持っています。

日中戦争で中国に進出した日本軍が、食糧の補給を考えずに大陸への進軍を開始したことは、負の遺産といっていいでしょう。食糧や馬や牛を取り上げるという現地調達をすれば、現地の人びとの反発を買うに決まっている。いまふうに言えば、ロジェスティックの思想が相続されていなかったのです。

悲惨さの中でも、「ひめゆり部隊」のような話は美談として継承されています。

しかし、これも後で触れますが、満州の開拓団が集団自決を避けて生きて帰るために、「ソ連兵の性接待」に送られた女性たちの存在はほとんど伝わっていません。ひそひそ話として囁《ささや》かれ、公にならなかっただけです。

彼女たちは、無垢な体と心を引き裂かれる辛い目にあったうえに、帰国後も心ない日本人のあいだで軽蔑の的にさえなったのです。

それもこれも、戦争が引き起こした悲劇として、その記憶が相続されるべきだと、私は思います。

第2章

親からの相続を考える

父親の記憶

私は父親から「形あるもの」を、まったく相続しませんでした。

フィジカルな面からいえば、私は父親にはあまり似ていません。むしろ母親のほうの体質を多く引き継いでいるような気もします。亡くなった私の実弟は父親似でした。性格もそうだったと思うところがあります。

私たち兄弟は、父親からモノとしては何一つ相続していません。その日暮しの引揚者でしたから、土地、家屋などはもちろんない。資産といえるものをまったく引き継ぐことがなかったのは当然です。いや、借金を相続せずにすんだことを、感謝すべきでしょう。

しかし、最近になって自分が父親からいかに多くのものを引き継いだかを、強く実感するようになりました。

無形のもの、というより目に見えないさまざまなものを、色濃く相続していることに気づいたのです。

私の父親は九州山地の山村に農家の次男として生まれました。長子相続制のこの国で、みずから生きていく道を探さなければならなかった農家の次、三男の一人でした。山あいの集落ですから、農地も限られている。網野善彦《あみのよしひこ》のいう〈百姓《ひゃくせい》〉、つまり典型的な農家の子弟だったのです。

私も引き揚げ後、父の実家に居候《いそうろう》としてお世話になった時期があります。そのときの体験は、私にとって日本の農村生活を実地に学ぶ、えがたい日々でした。少ない耕地で稲や麦を植える。みかん畠を山間に作る。孟宗《もうそう》の竹林が広がっていて、そこでは季節に見事なタケノコがとれます。タケノコを商品として出荷して、現金収入をえるのです。

実際に掘ってみると、タケノコを傷つけないよう土中から掘り出すのは、大変な作業でした。タケノコの季節には、朝、昼、晩、とタケノコが食卓にのぼりました。飼っている牛や馬も毎日、タケノコをあたえていました。

茶の栽培も昔からやっていた。農林省や業界からの表彰状が何枚も壁にかかっていました。良い茶葉は、霧の深い山間がいい、という話もききましたが、どうでしょうか。集落の道路ぞいには、ハゼの並木がありました。ハゼの実は、ロウソクの原料になるらしい。これも拾い集めて出荷した。和紙の原料になるという、ミツマタやコウゾなどを加工して、川でさらし、製品として納めていました。山では自然薯《じねんじょ》も掘ります。

要するになんでもやったのです。

それを百姓《ひゃくせい》というのだ、と網野さんは言っていました。

「ヒャクショウじゃないんです！　ヒャクセイです！」

と、座談会で私に力説した故人のことを、懐しく思い出します。

夜はランプで『家の光』を読みました。ランプのホヤは、すぐにくすんでくる。毎夕、それを古新聞でみがくのも少年の私の仕事でした。

雨が降ると、無数のザリガニが道路にあふれ出す。小さなカニです。それをすくってバケツ一杯もって帰る。すると、家の人がザッと臼にあけて、塩、唐辛子などをまぜ、キネでつく。しばらくザワザワしていた何百のカニたちが、たちまち静かになってしまう。

「ガンヅケ」

と言ったと思います。「蟹漬け」の訛った表現でしょう。そんな家に私の父親は生まれたのです。

こうして父親のことを書きつつ、はたと当惑します。

彼は一体いつごろに生まれたのだろうか。はっきり言って、私は、父親の正確な生年月日を知らない。戸籍を見れば、すぐにわかることですが。以前、何度か必要があって抄本《しょうほん》を取ったことがありました。そのとき確かめたはずだが、いつのまにか忘れてしまっているのです。

分家して一戸を構える余裕はなかったはずです。長男が家や田畠を相続すれば、その他の子どもたちは、それぞれ勝手に自立しなければなりません。

昔の東北あたりでは、一生ずっとその家で働き手として暮す人びともいたようです。深沢七郎《ふかざわしちろう》の『東北の神武《ずんむ》たち』は、そういう世界を描いていました。一生飼殺しの次、三男たちは、ヤッコと呼ばれて、嫁ももらえぬまま生涯を過ごした例が少なくなかった、といいます。

そういう少年たちにとって、金がかからずに自立して生きる道は、限られていました。

まず、軍人になる。幼年学校とか、少年兵の試験を受けて合格すれば、一生、食うには困らない。東北出身の職業軍人が目立つのも、そこに関係しているのでしょうか。警察とか、逓信所の養成所に進む道もあったようです。税務署員の養成所や、警察官になることも、その一つでしょう。

もちろん、それには、激烈な受験競争を勝ち抜く体力と知力がなくてはならない。国家に奉仕する道も容易ではないのです。

私の父親は、当時の高等小学校を出て、官費で師範《しはん》学校に進む道を選んだようです。たぶん、師範学校は、国やその他の奨学金が出たのではないでしょうか。勉強して試験に合格すれば、一定の期間、公立、国立の学校教師として勤務しなければならない。お礼奉公です。

そのかわり抜群に成績さえ良ければ、無料で学ぶことができます。

父親はたぶん、農家の子弟としては、かなりの知的向上心の強い気性の人間だったのでしょう。本などもよく読んでいたはずです。また若いころから剣道にはげんでいたらしい。

くわしいことはわかりませんが、彼は九州山地の一角の山村を出て、自立する道を模索したのです。そして福岡県の小倉《こくら》師範学校へ入学した。この辺が私が知る父親の青年時代の足跡です。

「記憶の相続がない」という後悔

そんなわけで、父親は九州辺地の農民の子弟から、いわゆる「亜インテリ」の仲間入りをした、と言っていいでしょう。

私はこの「亜インテリ」という表現が嫌いです。本格的知識人、いわゆる大学の先生や学者、思想家たちが、彼らを一段下に見くだしているような感じだからです。

大学の教師は本物のインテリで、小学校、中学校、高校ぐらいまでの教師は「亜インテリ」に分類されるらしい。また二カ国以上の外国語に通じているのはインテリで、英語ぐらいマスターしていても「亜インテリ」の域からは出られないという感じがありました。B級グルメという言葉がありますが、「亜インテリ」というのは、さしずめ「B級知識人」ということでしょう。

軍隊でいうなら、「下士官」です。本格的な士官、将校ではないが、とりあえずヒラの兵卒とはちがう。そこが「下士官」の「下」であって、「亜インテリ」の「亜」とよく似ています。

しかし戦前、戦中のこの国を支えたのも、また暴走してクラッシュしたのも、じつはその「亜」が担っていたのだ、という考え方があります。

そう言えば、私の父の最後の召集（教育召集）のときの階級は、伍長でした。まさに下士官の典型です。

さて、小倉師範学校時代の父親のイメージは、私の中にはまったくない。どんな授業を受けていたのか、どんな本を読み、どんな仲間とつき合っていたのか、どこに住んでいたのか、まったく知らないのです。これは、すなわち「記憶の相続」がなかったということで、いまになってみると、実に残念なことなのです。

当時のこの国の支配的な風潮はどうだったのか。ジャーナリズムで影響力のあった人びとには、どんな人物がいたのか。

資料を見ただけでは、実際にはわからない。まして年表などというのは、ほとんど歴史の干物にすぎない。

後年、学研のオーナーだった古岡秀人さんという人が、やたら親切にいろいろ面倒を見てくれたことがありました。聞けば、出版人であるが、もともとは小倉師範の出身で、私の父の剣道部の後輩だったという。寮で同室だったという話でしたから、結構、仲が良かったのかもしれません。

その古岡さんの話を聞いて、ほんの一万分の一ぐらい、父の若い頃のプロフィルが想像できました。

なぜ生前に、もっといろいろ父親の若い頃や、生い立ちの話を聞いておかなかったのだろうと、ただただ悔やむばかりです。

親は歩いた道を子に物語るべし

師範学校を卒業して、父親が最初に勤めたのは、たぶん福岡県の筑後地方の小学校であったにちがいありません。私は、その辺のことを、ちゃんと相続していないので推測するしかないのです。

若い学校教師として働きはじめた彼は、そのうちにどこかの勤務先の学校で、一人の若い女教師と出会う。

福岡女子師範学校卒業の、その女性教師が、私の母親になる人です。

どこの土地で、どうして二人が結ばれたのかを私は知りません。彼女は父親と同じ筑後地方の山村の出身だった。二人はともに農家の子弟として生まれ、志を抱いて教育界をめざした若者だった。

私が知るのは、そのあたりまでです。物心ついたとき、私は、両親とともに玄海灘《げんかいなだ》を渡り、日本に併合《へいごう》された朝鮮半島にいました。

若い教師二人が、どのようないきさつで九州から外地へ渡ったかを、私は知りません。何もかも、ほとんど知らないことばかりなのです。それは、彼らが早く世を去って、その辺の話をじっくり聞く機会がなかったからです。

いや、その機会がなかったわけではない。私がまだ幼くて、彼らに話を聞く才覚もなく、また両親も思い出話を語る相手として、私を見ていなかったこともあるでしょう。

私が、いまになって残念に思うことの一つは、父と母の若いころの話をほとんど聞いていないことでした。どういう青年だったのか、当時はどんな本を愛読していたのか。

何を望み、どんな夢を描いていたのか。どうして知り合い、どうして結婚したのか。

その意味で、私は、両親から何の記憶も相続していないと言っていい。父は剣道の有段者でした。しかし、いつ稽古をし、どんな大会に出たのか。母はどんな歌をうたい、どんな服を着ていたのか。当時の世相はどうだったのか。両親の過去を知ることも、大きな相続の一つなのです。

そのことを、いまになって返すがえすも残念に思うときがあります。子をもつ親は、生前にできるだけ多く自分たちの歩いた道を物語らなければならない。また、幸いにして健在な両親をもつ者は、無理にでもそれを語ってもらうこと。子どもとして相続すべきものは、モノだけではないと思うのです。

父親からの見えない相続

私の母は敗戦の夏の終わり、四十代で世を去りました。そこから計算すると、父親も五十代で死んだことになります。彼らがずっと長生きしていたなら、後年、ひょっとして若い頃の話を聞く機会があったかもしれません。

いうなれば私は、両親の記憶、その人生の径路《けいろ》をまったく相続していません。しかし、よく考えてみると、目に見えない、たくさんのものを私は相続しているのではないか。改めてそのことを振り返ってみると、さまざまな感慨があります。

　小学校の教師からスタートし、のちに、国語・漢文の教師として、いまの北朝鮮、平壌の師範学校に赴任した父は、本だけはたくさん持っていました。図書館の管理も任されていたそうです。

　家での父は勉強家でした。本棚には本居宣長《もとおりのりなが》、賀茂真淵《かものまぶち》、平田篤胤《ひらたあつたね》などのあいだに、西田幾多郎《にしだきたろう》やヘーゲルなどが石原莞爾《いしはらかんじ》と一緒に並んでいました。丸山眞男《まるやままさお》のいう当時の下層インテリの典型だったのでしょう。

　毎晩、夜中に起きて何か書いているので、こっそり留守中にのぞいてみたら、『禊《みそぎ》の弁証法』という題名がついた原稿でした。どこかの専門誌にでも、送るつもりだったのでしょうか。それも聞きそびれました。

私が父親からしつけられたものの一つは、やたらと本を大切にする、というマナーでした。文庫本であっても、それをまたいだりしようものなら、物差しでピシャリと足を叩かれます。そのせいで、私はいまでも本をまたぐのは避ける習性があります。

また、父は、読みさしのページのはしを折ったりすることも、ひどく嫌いました。母がこぼしていたことがあります。

「父さんは、ページの隅を折ったりすると、すごく怒るんだから。それはドッグ・イヤーといっていけないことなんだって」

このように、無意識のうちにやっていることの中に、じつは、父からの無形の相続があったことに気づかされます。

剣道の有段者だった父は、武道会の役員を務めていましたし、漢文の教師らしく、自分で漢詩を作ることもありました。

そんな父に育てられた私は、朝たたき起こされて、『古事記』の素読をさせられたものです。

「アメツチハジメテヒラケシトキ、タカマノハラニナリマセルカミノミナハ……」

という具合です。

それから庭に出て、剣道の基本である切りかえしをやらされました。

それで汗を流すと、今度は詩吟の朗唱です。声を出して下腹に力を入れて歌うのです。

小学生ですから、意味はよくわからない。ですが、口移しで覚えさせられました。

詩吟は、もともと漢詩なのですが、中国の詩人・白楽天《はくらくてん》が、自分の詩が巷で歌われていて嬉しいと言っているところを見ると、節をつけて歌われてもいたようです。

それが日本に伝わって、独自のメロディがついて詩吟として広まっていったのでしょう。とくに幕末から明治維新にかけては、勤王の志士たちがよく歌っていたようです。

戦前、大半の日本人が、詩吟の一つや二つは知っている時代が続き、宴会などでも必ず披露されました。落語や漫才で、「鞭声粛々夜河を渡る《べんせいしゅくしゅく》」などの言葉をもじったギャグが使われるくらい親しまれていたのです。

これを父に覚えさせられた私は、最近物覚えが悪くなっているにもかかわらず、相当数の詩吟がいくつも記憶に残っています。これも見えない相続の一つかもしれません。

幼児期の思い出こそ財産

私の母親は、父と同じ道を歩んで福岡の女子師範に進み、小学校教師になりました。共働きの家庭だったので、エプロン姿で台所に立っている母の姿は覚えがありません。

夜中にメガネをかけて、生徒のテストの採点をしている、いわば、キャリアウーマンとしての母の記憶が強いのです。

そんな母に対する印象的な思い出は、一人で廊下の隅に置いたオルガンを弾きながら歌っている姿です。

私が生まれたのは、昭和七年ですから、物ごころつくころから終戦を迎えるまで、戦争中でした。巷に流れる歌は、戦意高揚歌と軍歌ばかり。そういうものが大流行していた時代に、母が歌っていたのは古い童謡・唱歌だったのです。

大正時代に、児童文学者の鈴木三重吉《すずきみえきち》が、質の高い童話や童謡を広めようと提唱し、多くの詩人や作曲家が参加した「赤い鳥」運動の影響も残っていたでしょう。

私の思い出のままに、母の歌っていた童謡・唱歌のいくつかを、歌いはじめの部分とともに挙げてみます。

『雨降りお月さん』（野口雨情作詞、中山晋平作曲）
〽雨降りお月さん雲の蔭　お嫁にゆくときゃ誰とゆく

『あの町この町』（野口雨情作詞、中山晋平作曲）
〽お家がだんだん　遠くなる遠くなる
『かなりや』（西條八十作詞、成田為三作曲）
〽歌を忘れたカナリヤは　うしろの山にすてましょか
『浜辺の歌』（林古渓作詞、成田為三作曲）
〽あした浜辺をさまよえば　昔のことぞ忍ばるる
『からたちの花』（北原白秋作詞、山田耕筰作曲）
〽からたちの花が咲いたよ　白い白い花が咲いたよ
『この道』（北原白秋作詞、山田耕筰作曲）

〽この道はいつか来た道　ああそうだよあかしやの花が咲いてる

『七つの子』（野口雨情作詞、本居長世作曲）

〽からすなぜなくの　からすは山にかわいい七つの子があるからよ

『花嫁人形』（蕗谷虹児作詞、杉山長谷夫作曲）

〽金らんどんすの帯しめながら　花嫁御寮はなぜ泣くのだろ

『赤い靴』（野口雨情作詞、本居長世作曲）

〽赤い靴はいてた女の子　異人さんにつれられて　行っちゃった

思い出せばきりがありません。ともかく、こういった大正末期から昭和にかけての抒情的な童謡・唱歌を母は好んで歌っていました。ですから、私は、いまだに、日本の童謡・唱歌に対して非常に関心があります。

もちろん、時代が時代でしたから、戦意高揚歌や軍歌も歌わされました。しかし、当時の幼児期の記憶は、抒情的な童謡とともにある。これは、母が私に残してくれた大きな遺産だと思っています。

こうして一つずつ思い出していくと、セーターの毛糸をほどいていくように、次々と思い出がよみがえってくる。

私が両親から相続したものを振り返ってみると、じつはいくらでもあることに気づきます。ものの食べ方や座り方、挨拶の仕方に至るまで、良くも悪くも、私はいろいろなことを両親から相続しているな、という気がしているのです。

人間はため息から出発する

巷には息子が、父という大きな壁を乗り越えようと、挑んでは落とされる、というストーリーがあります。

「父と息子の相克《そうこく》」です。

しかし、私にとって戦後の父は、乗り越えるべき壁ではありませんでした。むしろ、私の心に残っているのは、父のつく深い「ため息」です。一般的に言えば、そういう父の姿は、父親としての理想にほど遠いものでしょう。

私は、そんな父を忌避するというよりは、むしろ親近感をもって、共感すらしていました。ブッダが、「生・老・病・死」をこの世の苦しみと定義したように、この世は「苦の娑婆」だからです。

この場合、苦とは、思うようにならない、という意味です。思うに任せぬ世の中をどうより良く生きていくのか、それを教えたのがブッダでした。

父は、夕方、ビールを一本飲むと、ばたんとひっくり返って、暑いときはステテコ姿で、儀式のように「あ～あ」とため息をつきました。そのあとに必ず、

「寝るより楽はなかりけり。うき世のばかが起きて働く」

と独り言のようにつぶやいて寝てしまうのです。

それは、朝、私を起こして、古事記の一節を暗記させ、剣道の素振りをやらせ、そして数々の漢詩を教えてくれる父とは似ても似つかぬ姿でした。

私は、どちらかと言うと、ネガティブなものの考え方をする人間です。ですから、いまとなっては、父のそんな姿に共感となつかしさを覚えないではいられません。

「そうだろうな、大変だったんだろうな」

と思うのです。

前にお話ししたように、農家の次男に生まれた父は、無料で学べるところを探して、師範学校にはいり小学校の教師になりました。高等師範や帝大を出た人びとが、出世の階段をどんどん上がって行く中、検定試験を受けるために、寝るまも惜しんで勉強をしつづけました。

そして、新天地を求めて外地へ渡りました。爪で這いあがるように、僻地の学校を転々とし、やがていくつかの検定試験に合格して、ソウルの南大門小学校の教師としての一段目の階段を上がり、さらに平壌師範学校という二段目の階段を上がるところまできました。しかし、そこまでたどりついたと思ったときに敗戦です。

敗戦は、父に野心と家庭という二つの崩壊をもたらしました。やがて、朝から酒におぼれ、ほとんど無気力状態におちいりました。

私は、そんな父の姿に、むしろ教師として私たちに範を示していた父よりも、親しみを覚えるようになりました。父のため息と、やせた足の膝下にすえた三里のお灸のあとを思い出すたびに、妙になつかしさを覚えます。

無意識のうちにため息をついている自分に気づくと、何でもない動作に見えて、じつは人間が生きていくことは、ため息をつくようなことから出発するのではないか、と考えることもあるのです。

それと同時に、必死で這いあがろうと頑張っていた父と、二人で旅行に行ったことも思い出します。親戚の人間が、現在は旧満州と呼ばれる地区に赴任していたので、夏休みに列車で行ったことがありました。

忘れられないのは、ハルピンです。

ヨーロッパの都市を模倣して、帝政ロシアの時代に造られたこの町はエキゾチックな異国でした。白系ロシア人、アメリカ人、ドイツ人などが暮らしていて、極東のパリと言われていたのです。

戦時中であるにもかかわらず、フォードの車などが走っていたり、ジャズを演奏するレストランがあったり、チョコレートを売る店もありました。そこで、私は生まれて初めてコンチネンタル・タンゴを聴きました。

敗戦と同時に失われた幻の街ではありますが、さまざまな悲劇の記憶と混ざり合う満州は、私の中からなかなか消えることがありません。地平線のむこうに沈んでいく夕日は、たらい盥のように大きく、吸いこまれていくような感覚をもったものです。

「偉い父、立派な母」を見せる必要はない

野心満々だったり、失意のどん底に落ちたり、「人生いろいろ」です。いずれにし

ても、私たち人間と、ため息は切っても切れない関係にあるようです。どの時代においても、世界の人間はみな、ため息をつきながら生きてきたに、ちがいありません。

そういう意味で、ため息は、一種の「負の遺産」と言えそうです。「よし頑張るぞ」というプラス思考の要素はそこにはありません。

しかし、父から手渡された、ため息の重さは、私にとって人生に大きな意味をもつものになりました。それが、生きる勇気を与える大事な土台になってくれたからです。

たとえば、私の体験では、辛いときにうたう歌は、「元気を出せよ」という行け行けどんどんの歌ではありません。逆に、しんみりとした別れの歌のほうが、気を取り直すための特効薬でした。

父から受け継いだ、ため息に支えられて、今日の私はあるような気がするのです。

そして、そういう父を支えながら、少々憐れむような気持ちを抱いていたように見えた母の面ざしをなつかしく思い出します。

父は、私に、自分が愛読した平田篤胤《ひらたあつたね》や賀茂真淵《かものまぶち》や本居宣長《もとおりのりなが》などを引き合いにだして、いろいろと説教をしたものです。でも、ほとんど私の記憶に残っておらず、父のそうした知識は相続しませんでした。

むしろため息をもらす父と、肩肘張って威厳を保とうとしている父を、

「そんなに無理をしなくてもいいのに」

と見ていた母から相続したもののほうが大きいことに、私は気づくようになりました。

さらに言えば、私は、両親の早すぎる死によって、人間は死んでいくものだということ、人の一生ははかなく、短くつかのまにすぎないことを知りました。

しかも、その短い生涯は、挫折や絶望や幻滅に彩られる部分のほうが多い。

だから、そのつもりで、わずかな幸せを味わいながら生きようという覚悟ができたような気がしているのです。

清沢満之《きよざわまんし》の弟子で、加賀の念仏者として有名な高光大船《たかみつだいせん》さんは、

「人の手本になることはできないが、見本くらいにはなれるだろう」

と言ったそうです。

父も母も、たしかに、仰ぎ見てあこがれるような手本ではありません。しかし、ふつうの人間がどう生き、どう死ぬものなのかの見本を見せてくれました。

それによって、私の生き方が定まったと思うと、無意識のうちに結ばれていた絆を感じざるをえません。それは、山ほどの本を読んでも、多くの偉人たちの話を聞いても、決してえられない教えだからです。

年齢を重ねるにつれて、これまであまり意識しなかった、父や母の生き方に思いをいたすことが多くなりました。すると、自分が、父や母、祖父母、顔も知らないご先祖さまとつながっていることが実感できて、心強くなるのです。

ですから、世のお父さんやお母さんに申しあげたいことは、「偉い父、立派な母」の姿を見せなければならない、という思いは捨てたほうがいいということです。

それよりも、無理をせず、ぶざまな姿やみっともなさや、弱さをさらけ出して見せるほうが、大事な財産として子どもの心に残る。

子どもたちは、誠実に一生懸命に生きても、うまくいったりいかなかったりする親の姿から、目には見えない、形にならない、大きな何かを相続してくれるのではないでしょうか。

養生の相続

私たちが相続すべきものは何なのか。それは、生活習慣のような身近なものから、大きいものまで、いろいろとあります。

私は、昨年まで戦後七十数年の間、ずっと病院へ行ったことがありませんでした。少々の風邪や腹痛では行かないと決めていましたし、大病にもならず、交通事故にも遭わなかったのはまったくの幸運です。

病院へ行かないとなると、自分で自分の養生につとめなければなりません。養生の方法にはいろいろありますが、基本は呼吸法だろうと思います。

それを教えてくれたのは、父でした。

戦前から戦中にかけて、呼吸法がブームになったことがありました。いろいろな呼吸法が流行したのです。その中で、父が熱中していたのは、岡田虎二郎という人が考案した岡田式静坐法です。

岡田虎二郎自身は、大正九年に四十八歳の若さで亡くなりましたが、一世を風靡《ふうび》した岡田式の呼吸法はずっと伝わっていて、父はそれを信奉し、実践していました。父が静座をして、腹式呼吸をしている姿がおもしろかったので、私も、父の横に座って真似をしていたのです。

ですから、呼吸法については、子どものころから縁があったといっていいでしょう。お経にある「大安般守意経《だいあんぱんしゅいきょう》」のことも知っていました。これは、釈尊の呼吸法のことで、その源泉は『アーナパーナ・サティ・スートラ』という経典です。

スートラというのは「教え」という意味、アーナパーナは「入息、出息」という意味で、吐く息と吸う息についての心得のことです。ですから、ブッダが教えた呼吸法とは、どうすればいい呼吸ができるか、ということです。

つまり、ブッダは呼吸法によって、深い悟りに達することを説いているのです。

しかし、中国に伝わったとき、それは翻訳されて、難しいお経になってしまいました。ですから、「大安般守意経」も、漢文で唱えられると、私たちにはほとんど意味がわかりません。

原点に戻って考えてみれば、ブッダの教えは、非常に実用的なものと言えるでしょう。つまり、実生活に則って、どうすれば、生きづらい世の中を生きていけるかを語っているということです。

吸う息、吐く息を大事にしなさい。

要するに、そう教えているのです。

そういう意味で、岡田式静坐法と「大安般守意経」はよく似ています。父も、

「吐く息を大事にして、しっかりと吐けば、息は自然に流れ込んでくる」

と言っていました。

言われてみれば、世の中は、「出船、入船」「出入り口」「貸し借り」などなど、出

るほうが先になっています。ですから、父はいつも、ラジオ体操の「大きく吸って、大きく吐いて」はおかしいと言っていました。

私が、これまでなんとか病院に行かずにすんできたのは、父から教えられた呼吸法にあると思っています。それでもついに昨年、病院を訪れました。左脚の具合が悪くなってきたのです。しかし、父親から相続した生活上の些細《ささい》なことが、ずっと記憶や体に残っていて、じつはこれまでの自分を支えてくれていたんだな、と気づくことがたびたびあるのです。

子孫には美田を遺さず

私は両親から物質的なものは何も相続していません。

その当時は、父の不遇な人生に思い至ったものですが、いまは、後に遺すものは、物ではないほうがいいと思っています。

最近、寄付の仕方などが特集されて、県や市に寄付する先を指定できることや、無税になる場合もあることなどが紹介されています。財産を子どもや親族に渡すよりも、社会貢献の一環としたい、と考える人が増えているのかもしれません。

たとえば、奨学金のお世話になった人であれば奨学金に使ってくださいとか、故郷が青森であれば子どものころから親しんだ、ねぶた祭りの資金にしてくださいとか、指定できればこんなにいいことはありません。

「子孫には美田を遺さず」

という言葉があります。この場合、美田とは不動産のことですが、現在は「美田」の種類も増えました。

たとえば、歌のヒットメーカーが死んだときも、七十年にわたって保護される著作権が継承されます。小説や評論などには著作権がありますから、音楽も小説も、死後七十年にわたって権利が保証されます。

美田とは、遺された人が、何の努力もせずに財産を手に入れることでしょう。やはり、美田を遺すくらいならば、美田に代わる相続を心がけたほうがよいのではないか。

とはいえ、財産があればこそ、子や孫が大事にしてくれる、という一面もないわけではありません。老親が、豪華客船で世界一周の旅に出ようとすると、みなに反対されることもしばしばだと聞きます。

ですから、いっそのこと、ルネッサンス前のイタリアにあったという、教会へすべて寄付するシステムはどうでしょうか。

「神のものは神に返せ」

という精神がその元になっているという。財産は一代限りということです。

「美田」に価値を見出していないのは、私が、昭和七年生まれの戦中派だからかもしれません。

戦争という非常時の子ども、少国民だった私は、一年でも早く少年飛行兵とか予科練になろうと思っていました。ですから、二十歳までは生きないと思っていて、よく特攻機に乗ってアメリカの航空母艦に突っこんでいく夢を見たものです。敵空母の甲板が近づいてくる瞬間、自分が操縦桿をぐっとひねって離脱するのではないか、と心配でした。そういう夢にうなされたのです。

しかし、やってきたのは敗戦です。

タガが外れ、私は不良少年になり、たばこやどぶろくに馴染み、花札賭博をやるようになっていました。両親が早くに亡くなったので、戦後になっても四十歳まで生きないと思っていたことも、拍車をかけたかもしれません。

そして、いま、平均寿命が延び、私ももうすぐ九十歳が手の届くところまできてしまいました。

地図のない旅、羅針盤のない旅を、しているような感じです。長生きを望んでいるわけではありません。しかし、世界や日本の変化を見たいという好奇心はいまもあります。

「人事《じんじ》を尽くして天命を待つ」

という言葉がありますが、私はそれを、

「人事を尽くさんとするはこれ天の命なり」と読んでいます。自分の努力などではなく、天命のようなものがあると思えて仕方がないのです。

第3章 相続するもの しないもの

芸や文明も相続の大事なもの

形のないものを相続するという視点から考えれば、能の極意書『風姿花伝《ふうしかでん》』もまたその一つです。

これは世阿弥《ぜあみ》の書いたものとされていますが、父親や祖父たちがさまざまな体験から話したものを一生懸命思い出して、その記憶をたどって書かれたものだと思われます。いわば、代々受け継がれた芸の極意という財産を相続した、貴重な本なのです。

さらに言えば、いまに伝わる歌舞伎もまた、相続そのものです。何代目団十郎とか何代目海老蔵などと、由緒のある名跡を財産として相続してきました。

「こころの相続」とは、親や家族に限らず文化や文明など社会からの相続も含まれるのです。

たとえば、私が生まれた昭和七年、満州国が建国されました。

満州国は、アジア連帯の象徴として、「五族協和《ごぞくきょうわ》」（和・韓・満・蒙・漢の協調）をたてまえにしたものですが、じつは、日本では実現できなかった近代的な重工業国家を作ろう、という意図で建国されました。

そのために、岸信介《きしのぶすけ》や東条英機《とうじょうひでき》や石原莞爾《いしはらかんじ》など、多くの野心家が満州へ渡っていきました。そういう意味では、一つの実験場としての国家的冒険でもあり、伝統にとらわれない新天地でもあったのです。

しかし、やがて五族協和の理想は崩れていき、関東軍が支配する独占構造になっていきました。

いまでは、満州進出は日本の侵略行為として批判の対象となっています。

しかし、その一方で、戦後、満州から引き揚げてきた人びとが、満州という実験場での成果を財産として持ち帰ったという事実もあります。

たとえば、満鉄（南満州鉄道）では特急「あじあ」号という画期的な新幹線ができていました。それは、エアコンも備えた近代的な列車で、ハルピンと首都・新京、そして新京と大連の間、約一万キロを超特急で走ったのです。

私たちは子どものころ、特急「あじあ」号を読み込んだ鉄道唱歌をうたっては、この列車にあこがれ、一度は乗ってみたいと思ったものでした。

こうした満州の知識と体験を持ち帰った人びともいました。彼らは、特急「あじあ」号を踏まえて、日本に新幹線をもたらすうえで、有形無形の仕事をしました。満州の情報を相続したからこそ、新幹線は誕生したのです。

あるいは、私たちの世代が学生時代に熱狂した東映のやくざ映画を製作した中には、甘粕正彦《あまかすまさひこ》が理事長を務めていた映画会社「満映」(満州映画協会)の関係者がいました。『血槍富士《ちやりふじ》』という名作を製作した内田吐夢《うちだとむ》もその一人です。

文字ではなく肉声で

私たちの祖先は、「文字」というものをもっていませんでした。ですから、人にものを伝えるすべは、口から出る「声」、すなわち音だったのです。

日本だけではありません。

あの仏教の祖であるブッダもまた、口伝えで弟子を指導し、弟子は暗記することで、それを伝えていきました。

ブッダが語ったことを聞いた弟子たちは、日が暮れてから集まって、ブッダが話したことを反芻《はんすう》しながら議論します。

「ブッダはこう言われたよね」

「いや、そうではないと思うよ」

「皮肉な顔をされていたから、逆の解釈をしたほうがいいんじゃないか」

などと議論しあって、まとめたことを暗記します。

文字にせずに暗記するので、覚えやすいように、リズムと韻を踏んだ歌のようにしました。これを、宗教的な歌という意味の「偈《ゲ》」といいます。インドにはインドのリズムがあって、みんなで声を合わせて歌って覚えていったのです。

ですから、仏教学者の中村元《なかむらはじめ》さんが翻訳した、原始仏典と言われる「スッタニパータ]などを読んでいると、詩のようになっていて、同じ言葉の繰り返しがたくさん出てきます。これは、ビートルズの歌などにも出てくる歌のリフレインでしょう。

ブッダだけではありません。イエス・キリストも、教えを文字で表したことはなく、やはり、弟子たちが記憶し、のちにその言行録として『聖書』という形でまとめたのです。

『万葉集』も『古事記』も、同じ道をたどりました。

暗記によって伝えられてきたものを、形として相続させようということになって、いまに残る『万葉集』や『古事記』が誕生したのです。

朝廷は、詔勅《しょうちょく》を発して、これら、音で伝えられたものを文字化するように命じます。『古事記』を暗記し、語ったのは稗田阿礼《ひえだのあれ》で、文字にしたのは太安万侶《おおのやすまろ》です。

命じられた渡来人の記録担当者らは、一音に一字を当てて、口伝えにされてきたものを文字化していきました。こうして生まれた文字が、万葉仮名です。

万葉仮名から始まって、その後、書きやすいように、読みやすいようにと、日本語の文字はいろいろと変遷していきました。そのおかげで、私たちは、もっぱら読むことが習慣になり、書物から知識を得ています。たとえば、斎藤茂吉《さいとうもきち》の『万葉秀歌』を、机に広げて活字の形で読むことができます。

しかし、これはやはり、本来の『万葉集』のあり方とは少しちがう。

文化とは、音で伝わり、声で歌われたものだからです。

たとえば、死者を弔う挽歌です。これは、天皇のような高貴な人が亡くなったとき、その先頭に立って、髪を振り乱しながら大きな声で、

「帝がお隠れになった、ああ、なんと悲しいことだろう！　天も落ちよ、地も裂けよ」

と叫びながら歌った。

また、相聞歌《そうもんか》にしても、決められたメロディに従って、男性が歌い、女性が歌いかえすという、いまの合コンのようなものでした。これが本来の万葉のあり方です。文化は、音で伝わっていったのです。

「桜」から「梅」の時代へ

新元号が「令和」に決まったとき、この元号の出典は『万葉集』で、日本の古典から初めて引用された、とテレビでは繰り返し伝えていました。

たしかにその通りですが、出典として画面に映っているのは漢文で、用いられているのも漢字です。後漢の張衡《ちょうこう》の文章を模したものといわれています。なるほど、日本の古典というのも漢字文化によって成り立っているのか、と、改めて認識させられます。

我が国の文化は、中国文化の決定的な影響の上に築かれた文化です。そのことを認めることを、私たちは避けてはならないと思います。戦後の新憲法にしてもそうです。外来文化との深いかかわりを否定するのなら、年号は「ひかり」とか「のぞみ」とか平仮名に徹するしかないでしょう。

それでもなお、平仮名そのものが漢字の草書体から工夫されたものだと考えると、外来文化を大胆に取り入れて、それを日本ふうに消化していくというのが、日本文化の優れたところだと考えることもできます。

文字、文章にとどまらず、仏教から演劇、音楽にいたるまでそうなのです。

ですから、今回の『万葉集』からの選定について、それを国風振興の流れと強調しすぎるのはどうでしょうか。どこから採用したところで、元号そのものは漢字なのです。

前にも述べたように、私の父親は国漢の教師でした。国漢、すなわち国語と漢文です。彼は民間療法的な養生法に凝っていて、それを「導引《どういん》」と呼んでいました。この「導引」は、欧米でも"DOIN"で通じるようです。この「導引」の語源に「令和」の文字があったような記憶がありますが、はっきりしません。

しかし、この文字が九州、太宰府で催された梅花の宴にかかわる文章から出ていることはおもしろい。

日本人はもともと「梅」より「桜」への指向が強い国民です。

相変わらず花見は盛んですが、桜がここまで人気があるのは、一種の集団性にあるのではないか、と私は思います。

つまりみなで一斉に咲いて、一斉にパッと散る。そういう美学です。

梅はそうではありません。

「梅一輪　一輪ほどの暖かさ」

というのは、服部嵐雪《はっとりらんせつ》の句ですが、一斉にではなく、咲くも散るも一輪ずつ。国民総動員の思想ではないところがおもしろいと思います。

思えば昭和は「桜の時代」でした。

〽みごと　散りましょ　国のため

という歌は、いまでも耳の奥に残っています。

〽咲いた花なら　散るのは覚悟

という例の歌です。固苦しい軍歌よりも、こういったはやり歌のほうが、どれほど戦意高揚に効果があったかしれません。

〽今度逢う日は　来年四月
　靖国神社の花の下

これも酒席では必ず歌われた唄です。

たしかに桜という花は、一斉に咲きます。沖縄から北海道まで、季節にタイムラグはありますが、咲くときは集団で咲きます。そして散るときも一斉に散るのです。

〽花は吉野にあらし吹く

と、分列行進では、つねに歌ったものです。

この「一斉に」「集団で」というところが、戦時中の国民意識にぴったり合致したのでしょう。しかし、梅の花は、軍歌にはあまり似合いません。

今回の令和のルーツに、梅花を愛《め》でる宴の歌会があったと知って、なるほどと思いました。国民意識の変遷を感じたのです。

梅は必ずしも一斉に咲かない。一輪ずつ咲くところに梅の風情がある。風に散る桜のイメージは、人生のはかなさにつながりますが、梅の花の散りぎわは、あまりイメージされません。

桜は集団、梅は個人。無理にこじつけるようですが、戦後七十余年、そんな時代になったのかも知れません。

手垢のついたものにこそ価値がある

日本では、手垢のついた表現、月並みの形容詞を一段低く見る傾向があります。しかし、そうしたものにこそ、相続すべき価値があるのではないか。

「フランス文学のすぐれた点は、『良き通俗の伝統』が生きているところにある」

その言葉を遺したのは、亡くなった河盛好蔵《かわもりよしぞう》さんです。河盛さんは、優れたフランス文学者であり、評論家でもありましたから、説得力があります。

その意味するところは、フランスでは、偉大な文学者としてアレクサンドル・デュマとかヴィクトル・ユーゴーの名が挙げられているところにあるのでしょう。

たしかに、デュマの『三銃士』や『モンテクリスト伯（巌窟王）』、ヴィクトル・ユーゴーの『レ・ミゼラブル（ああ無情）』などは、大ベストセラー小説であり、世界中で愛読されています。

なぜ彼らが、偉大な文学者と呼ばれるか。それは、これらの作品が、エンタテイメントとしての通俗性と同時に、文学的な要素を併せもっているからです。河盛さんは、それを「良き通俗性」と呼んだのです。

『リトル・ダンサー』（スティーブン・ダルドリー監督、二〇〇〇年）という映画を観たときも、同じことを感じました。紀貫之《きのつらゆき》の『土佐日記』とは逆に、「女のすなる」バレエというものに魅せられた少年の話です。

娯楽性をふまえながら、人間性を深く掘り下げる。大衆をほろりとさせるシーンもちゃんと用意されていました。

また、これと同じ監督の作品『愛を読むひと』の原作者、ベンハルト・シュリンクは、国際的な文学賞だけではなく、ドイツ・ミステリ大賞を受けていることに興味を惹かれます。

日本では、通俗小説を、「一般大衆が楽しめるように工夫された、物語性がある娯楽小説、大衆小説」として、いわゆる純文学より下に見る傾向があります。

しかし、私は、通俗的作品や手垢のついた表現、月並みの形容詞などにこそ価値があると思ってきました。それだけ大衆に愛されている、ということにほかならないからです。

文学作品だけではありません。

たとえば、民芸運動を興《おこ》した柳宗悦《やなぎむねよし》です。彼は、華やかに装飾を施した鑑賞用の工芸品がもてはやされる中、手垢のついた、日常の生活道具にこそ美しさがあると主張しました。

また、親鸞がひらいた浄土真宗の本尊は、仏像ではなく「名号《みょうごう》」だということをご存じでしょうか。名号とは仏や菩薩の称号のことで、「南無阿弥陀仏」という六字名号のほか、九字名号や十字名号などがあります。

名号本尊は、これらの文字を、紙や絹布《けんぷ》に書いて表装したもので、信徒たちはそれを拝んだのです。また、蓮如は、紙や絹布に書いたものを庶民に分け与えました。庶民は、それをご本尊として家の中にかかげました。

つまり、仏像のように、大事なところにしまって扉を閉めきり、秘蔵するのではなく、壁に貼ったのです。ですから、当然、煤《すす》けたり、破れたりして、手垢にまみれたものになります。

そう考えれば、通俗的であり、手垢にまみれたものにこそ、相続する価値があるのだ、と再認識されると思います。

時代を引き受ける覚悟

人が相続すべき財産は、不動産やお金など物質的な財産だけではない。思い出や文化遺産などたくさんある、と力説してきました。私は、そこに「時代」という財産を付け加えたいと思います。時代、時代を特徴づける空気のようなもの、と言えるかもしれません。

私は、作家としてデビューして間もないころ、先輩の作家たちの宴会に呼ばれたことがあります。

会は、やがてかくし芸大会のようになり、かわるがわる、いろいろな芸を披露しはじめました。

私も何かやれと言われたのですが、とっさに思いつくことがない。とても困りました。困ったあげく披露したのが手旗《てばた》信号です。しかし、まったく受けず、拍手喝采というわけにはいかなかったのですが、どうして、私が手旗信号を知っていたのか。

それは、私が少年だったころ、海洋少年団という、小学生と中学生から成る少年団に属していたからです。

私たち少年は、戦前暮らしていた北朝鮮にあった元山《ウォンサン》という軍港へ行き、海軍の船に乗って合宿訓練を受けていました。そこで手旗信号を覚えることは重要な課題でした。

ですから、私の体にしっかり染みついていて、あれから七十年を経たいまでも、

「イはこう、ロはこう　ハは……」

という具合にすらすらと出てきます。

音楽の時間に習ったモールス信号もよく覚えています。モールス信号を覚えるコツ

は語呂合わせです。たとえば、

「イはトツーで伊藤」

「ロはトツー・トツーだから路上歩行」

「ハはツー・トトトでハーモニカ」

「ホはツー・トトで報国」

「ノはトト・ツーツーで乃木東郷」

という具合に、「ト」と「ツー」だけで成り立っている信号を言葉に置き換えて覚えやすくしたのです。

すべての音から濁点まで語呂合わせで覚えられる工夫がなされています。最初に覚えたのは「ヘ」でした。「トン一つで屁」だったからです。

そしてもう一つ「トツー・ツー・ト」というのがありました。これは「ツ」のことで語呂合わせは「都合どーか」です。かわいい女子挺身《ていしん》隊員に「トツー・ツー・ト」と送ることを夢見たものでした。

戦後、一度も復習したことがないのに、手旗信号もモールス信号も、私の体に染みついています。これができると、じつはカンニングができる、という特典がついてきます。隣の席からモールス信号で伝えれば、監督教師に気づかれず、答えを教え合うことができるのです。

時代らしい教育と言えば、音楽の授業に、艦船の水中音識別訓練というのがありました。手回しの蓄音機で、敵機のスクリュー音を聞いて、発する音から、駆逐艦か輸送船か潜水艦かなどを判別する訓練です。

エンジン音を聴き分ける訓練もしました。これもまた、私の体に染みついていて、ＢＭＷやアウディやベンツのエンジン音のちがいがわかります。

終戦後の教育には、このような授業はありません。もちろんその記憶がいまでも役立つとは思いませんが、ある時代を物語る一つの証拠として「時代の相続」の一断片であると思うのです。

命がけで守った信仰

私はかつて金沢に住んでいたことがあります。北陸は、伝統的に浄土真宗が盛んで「真宗王国」と言われます。

金沢に住んで自然に真宗のことを学んだ私ですが、いまから四十年ほど前、ハワイのマウイ島を訪れてびっくりしたことがありました。

それは、ハワイにまで真宗が伝承されていたからです。

私が行ったマウイ島は、当時まったく開発されていませんでした。信号機があるのは中心地のラハイナだけ、しかも店は一軒だけでした。

そこで食事をしていると、店の人がふしぎなことを言います。

昔、うっすらと白い粉が降ることがあって、それを「マウイ島の雪」と呼んでいたというのです。

意味がわからないまま湾に添って歩いていると、入江の砂浜のところにブルドーザーが何台か停まっていました。どうやらリゾートを建設しようとしているようです。ブルドーザーは、しきりに材木のようなものを積み上げています。見ると、そのすべてが卒塔婆《そとうば》だったのです。それで、わかりました。

ここは日本人移民労働者の墓地だったのです。

卒塔婆に書かれた文字を見ると、ほとんどが広島か北陸の出身者でした。日本からの移民労働者たちは、サトウキビ畑の過酷な労働の中で次々と死んでいきました。「マウイ島の雪」は、彼らを火葬したとき空から降った灰だったのです。

その入江は日本の方向を向いています。

彼らは、どんな思いで死んでいったのか。

ふと連想したのは、北陸も広島も真宗王国であることと蓮如のことでした。とくに、北陸は蓮如の影響を強く受けているところです。

浄土真宗は、宗祖が親鸞です。他力信仰という阿弥陀如来信仰の理論的な礎《いしずえ》を築きました。真宗の中興の祖と言われている人が、蓮如《れんにょ》です。

蓮如は、政治的な才能もあったようで批判されることも多いのですが、私から見ると、親鸞の念仏を広めた人という印象のほうが強いのです。

既成の宗派に追われて北陸へやってきた蓮如は、福井県の吉崎というところに、寺を中心にした一大宗教王国を作り上げました。土地の人びとは、親鸞を、「親鸞さま」と呼ぶ一方で、蓮如のことは、「蓮如さん」と親しみを込めて呼んできました。

蓮如の説教には、

「人は慣れると手ですべきことを足でするようになる」

とか、

「空で言えるほど覚えているお説教でも、生まれて初めて聞くような気持ちで聞かなければいけない」

など、非常に親しみやすいものがたくさんあります。

私も、うっかり足で閉めてしまった冷蔵庫を、手で閉めなおしたりしています。

私が卒塔婆を見てなぜ蓮如を連想したかと言えば、ハワイで亡くなった移民たちのこころのよりどころが、おそらく「蓮如さん」だったと思えるからです。

蓮如が活躍した当時、日本の農村は貧しく、生まれた子どもを死ぬまで放置する「間引《まび》き」は当たり前のことでした。しかし、子だくさんの蓮如は、子どもをとても大切にする人でした。子どもが生まれると躍り上がって喜び、亡くなると体を投げだして泣いたと言われています。

そんな蓮如の影響を受けた北陸は、他の地方に比べて「間引き」のもっとも少ない地域でした。しかし、土地は限られています。「貧乏人の子だくさん」という状態になります。

そこで、日本で食べられなくなった次男、三男、四男たちは、日本から押し出され、こぼれ落ちるように海外に出ていきました。ハワイに、真宗王国からの移民が多かった理由はそこにあるようです。蓮如の伝承はこうして、彼らに相続され、ハワイにまでつながることになったのです。

念仏の精神が都市をつくった

北陸では、蓮如の伝承が母から娘へと伝えられていって、記憶の相続が行《おこな》われていました。

そして、物質の相続よりも「こころの相続」のほうがはるかに重要だということに気づかされました。

たとえば、大阪という地域は、蓮如が建てた石山本願寺《いしやまほんがんじ》が母体になっています。蓮如は、人も住まないような石ころだらけの高台に巨大な本願寺を作りました。

そこに人びとが移り住んできて、寺内町《じないちょう》と呼ばれる町ができあがりました。これは、文字通り「寺の内の町」という意味です。

彼らの中には、富山県の特産である繊維や薬を扱う商人も多くいた。

そういう意味で、寺内町は、城下町とはまったくちがう構造をしています。

城下町というのは、まず中央に城、外側に堀、石垣を作ります。戦争が起こると門を閉じて籠城し、市民たちは戦火を逃れて町から逃げ出します。敵は、火をかけたり水攻めにしたりするという、いわば権力争いが始まるのです。

一方、寺内町でまず建設されるのはお寺です。寺に従事する人、寺の瓦を焼く人、木材を削る人、左官、絵師などがその周辺に移り住んできます。

そこから始まって次に商人や農民が、各地から特産品をもって集まり、物々交換による商取引が盛んになっていきます。

堀や石垣は、彼らが住む地域の外側に作ります。野盗《やとう》が襲ってくる時は、黒澤明《くろさわあきら》監督の映画『七人の侍』ではありませんが、町を守るために人を雇い自衛するのです。

ですから、寺内町にあるのは、

「寺が滅びるときは町も滅びるぞ」

「町が焼けるときは寺もともに焼けるぞ」

という共生思想なのです。

このように、運命共同体という思想があるので、織田信長も、全国の寺内町のネットワークに支えられた石山本願寺を攻め落とすことが、なかなかできませんでした。

寺内町の連合は日本全国にはりめぐらされています。連絡しあい、人員の応援もあり、武器や食料も運ばれて、結局織田信長と互角に渡り合いました。最後は朝廷の仲介で解決されたのです。

ただし、交渉は織田信長に有利に進められ、寺内町の人びとは退去することになり、本願寺も焼失します。

本願寺という物質的遺産は失いましたが、各地に散った住民たちは、本願寺の精神を受け継いでいきました。相続するのは「もの」ではなく「こころ」だと、私が考える所以はここにあります。

現に、その後、関ヶ原の戦いが終わってから、本願寺が大坂に再建されると、再び人びとが戻ってきました。とくに近江《おうみ》商人は、

「成功したなら、本願寺の鐘の音が聞こえるところに店を開きたい」

という夢を抱きながら励んだと言われています。

彼らはみな、蓮如の精神をこころに秘めて仕事に励んだにちがいありません。たとえば、伊藤忠の創始者の伊藤忠兵衛《いとうちゅうべえ》は、

「商売を忘れても念仏を忘れるな」

と従業員に、説教をしたと伝えられています。

二つの本願寺を結ぶ道を御堂筋《みどうすじ》といいます。そこに商店が集ってくると、銀行や証券会社も参入して、御堂筋は、大きなビジネスセンターとして発展していきました。そこにも、真宗の精神は見えない遺産として受け継がれているのだと思います。

両親が朝晩唱えるお経を聴いて育ったという知人も、

「幼いときは馴染めなかったのに、大学を出て就職したころは、懐かしく思い出してお経を唱えています」

と言っていました。これこそ記憶の相続であり、「こころの相続」と言えるでしょう。

相続を拒否する恐ろしさ

いま私には、相続を危ぶんでいる大切なものがあります。それは、北陸地方の各家《かくか》に伝わる大きな仏壇です。

その大きさは半端ではなく、高さ二メートルもあるものもざらです。しかも、輪島塗漆器の産地ですからしつらえも豪華で、金箔もたくさん使われています。

北陸はほとんど戦災にあっていないので、旧家に行けば、どこの家にもこの巨大な仏壇が置かれています。そういう文化が息づいている金沢から、ある相談を受けたことがあります。

地元の新聞社が主催するサマーキャンプに外国の留学生を二百人規模で招待して、日本庶民の、生活や文化を体験させることになったそうです。

相談は、北陸で何を見せるべきか、アドバイスがほしいというものでした。

そこで、私は、戦災にあっていない金沢には古い街並みが残っていることを指摘し、その街並みと旧家に残っている大きな仏壇は、見せる価値があると伝えました。

「そういう旧家を訪ねて、外国から勉強に来たものですが、お宅の仏壇を拝見できませんか、と言ってごらんなさい。どこでも喜んで見せてくれますよ」

私が思った通り、この仏壇を見た彼らは異口同音に、

「家の中に小さな〝教会〟があった」

と言って驚いていました。

ところが、最近、富山出身の友人から、本家の仏壇が粗大ごみになるかもしれないという話を聞かされて、私は大きな衝撃を受けました。先祖が富山出身の彼は、富山の本家から仏壇を引き取ってほしいと言われたそうです。

しかし、彼は東京のマンション暮らしで、大きな仏壇を入れる高さがない。

粗大ごみにするしかないのか、と彼は真剣に悩んでいました。

じつは、こうした問題は、いま金沢の多くの旧家で起こっています。子どもたちが都会に出て行ってマンション暮らしになり、残された親が亡くなると、仏壇の行き場

所がなくなる。結局粗大ごみにするしかなさそうなのです。

しかし、年月を経た巨大な仏壇は貴重な財産だと思っています。ですから、県なり市なりが「仏壇博物館」を作ってこの貴重な財産を相続すべきだと提案しています。粗大ごみにするとは、相続を拒否していることにほかなりません。それは、仏壇という「もの」ではなく、信仰の相続を拒否していることになるのです。

移転で途切れる精神

相続ということに関して思い出すのは、築地《つきじ》市場の移転です。長い歴史を誇る築地市場は、あれこれともめたあげく、豊洲に移転しました。しかし、じつは移転できないものがあります。築地本願寺です。

というのも、築地本願寺は、京都の本山がお金を出して建てたものではありません。地方から築地に移住してきた漁民たちが、もっこをかついで海を埋め立てて、その上に建てられたものです。

ですから、本願寺を含めた町全体が一つの生命体になっていて、本願寺は、その生命体の心臓のようなものとして存在してきました。いわば、本願寺があってこそ、築地の意味があるのです。

つまり、築地はたんなる物流の始点ではなく、一つの寺内町だということです。一方、豊洲には何があるか。そこに人びとの心を集約するようなものは何だろう。

相続すべき大事なこころの財産がない場で、人びとは何をよりどころにして生きていくのでしょうか。

相続しないほうがいい「反相続」

親が子どもを虐待する事件が続出しています。虐待をする親は、自分も親から虐待されて育った、ということが多いそうです。

子育ては、本能的なものではなく、自分が育てられたようにしか育てることができないといいますから、非常に気の毒な話で、ご本人も苦しんでいるのではないでしょうか。

相続にもいろいろあって、このように相続したくないもの、相続してはならないものもあります。私はこれを「反相続」と呼んでいます。

このように大きなことでなくても、身近に「ああはなりたくない」という「反相続」はたくさんころがっていそうです。

たとえば、私が気になることは、本をめくるとき、指につばをつける人がいることです。おそらく、親がやっているのを見て、当たり前のようにやるようになったのでしょう。

あるいは、大酒のみの親を相続して、大酒のみになってしまう場合もあります。私の亡くなった弟は、父を反面教師にしてお酒を飲みませんでした。父が、失意の中で、それほど強くないのに、お酒に溺れている姿をみてきたからです。

私にとっては、『軍人勅諭《ぐんじんちょくゆ》』もまた反相続の一つ。記憶として残っていますが、嬉しい記憶ではありません。

私の学生時代、街には、復員軍人という戦地から帰ってきた人びとがたむろしていました。私は、学生のころ、新宿二丁目のバーで飲んでいたとき、大きな声で延々と軍歌をうたっている旧軍人に遭遇したことがあります。

あまりうるさいので、

「おじさんたち、静かにしてくれよ」

と言ったら、怒り狂った彼らのうちの一人が、

「何を言うんだ。俺たちは、戦地でこういう歌をうたいながら泥水をすすり、草を食み、国を守ってきたんだぞ」

と息巻《いきま》きます。

私も負けずに、

「自分らだって、少国民と言われて、従軍兵士を守るために苦労したんだ。戦争へ

行ったのは兵隊だけじゃないだろ」

と言いかえし、勢い余って、

「軍人軍人とそんなにいばるんなら、『軍人勅諭《ぐんじんちょくゆ》』ぐらい言ってみろ！」

とまで言ってしまいました。

すると、彼は、そんなものはすぐに言えるさ、といって大声で唱えはじめたのです。

『軍人勅諭』は、明治天皇が出した「陸海軍軍人に賜わりたる勅諭」ですが、前文に続いて、

「一つ、軍人は忠節を尽くすを本分とすべし」

などから始まる五か条の徳目があります。前文まで入れると大変です。

そのおじさんは、五か条をすらすらと暗唱してみせましたが、本文までは言えない。ところが、少国民だった私は、その全文を暗記していました。小学生のころに全部暗記させられたからです。

「一つ、軍人は礼儀を正しくすべし。およそ軍人には、上元帥《げんすい》より下一卒に至るまで

その間に官職の階級ありて統属《とうぞく》するのみならず同列同級とても停年に新舊《しんきゅう》あれば新任の者は旧任の者に服従すべきものぞ」

などと、延々と暗唱してみせると、呆れたような顔をして引っこんでしまいました。

私は、いまでもこれをほとんど覚えています。私のこころに、強制的に印されてしまったのです。まさに望まざる「反相続」の一つですが、これも前に述べた時代の証言、時代の証拠とは言えるかもしれません。

第4章 記憶力よりも回想力

回想は下山期にこそ

これまで「こころの相続」が、個人の癖《くせ》やマナーから、文化、伝統、国民性にまでつながることを述べてきました。では、どうやって次の世代に相続していけばよいか。本章では少し具体的に、相続の作法について考えてみましょう。

そもそも私が、両親からの相続について考えるようになったのは、八十歳を過ぎてからのことでした。遅きに失した感はありますが、それも、自分が人生の下山期を意識する時期が遅かったからだと考えています。

人は人生の後半、すなわち下山期を迎えて初めて、過去を振り返るようになるからです。

二千年以上も前の古代中国で唱えられた「陰陽五行説」によれば、人生は四つの時期に分かれているといいます。

「青春《せいしゅん》」
「朱夏《しゅか》」
「白秋《はくしゅう》」
「玄冬《げんとう》」

玄冬を最初にもってくる思想もありますが、私はやはり最後においたほうがしっくりきます。

青春と朱夏の時期は、成長の時期であり、人生という山を登って行く時期です。

この時期にある人は、頂上を目指してわき目も振らずに登っていきます。ときどき休むことはあったとしても、視線は頂上の一点をみつめていることでしょう。後ろを振り返る余裕もありません。

やがて下山の時期を迎えるときがやってきます。その時期が「白秋」であり、「玄冬」です。しかし、下山するのは、力が衰えたからではない。私は、この時期を「成熟期」と考えています。

登山を経験した方ならばご存じと思いますが、頂上で一服して下山するとき、私たちは、登った山を振り返ってよくぞ登ったものだと満足感にひたったり、遠くを眺めては町があり、谷があり、海も見える中で、心に景色をとどめたりしながら、ふもとを目指します。

人生もそれと同じです。後半を迎えて下山するときに、初めて私たちは、来し方行く末に思いを致す余裕が生まれるのです。

自分の人生を振り返り、父や母のこと、家のこと、先輩諸氏のことを思い出して、彼らから相続した多くのものに気づくことになる。

この時期を「成熟期」と呼ばずして何と呼べばいいか。そういう意味で、人生の下山期こそ、「回想による相続」の適期なのです。

ガラクタを捨ててはいけない

下山期を迎えると、人は誰でも、ものごとを忘れていくものです。

認知症にはほど遠いとしても、

「はてさて、あの旅行はいつのことだったのか」

「あのときは誰と一緒だったのかな」

などと、思い出せないことも多くなっていきます。

何もないところで回想の抽斗《ひきだし》を開けるのは、そうそう簡単ではありません。しかし、モノがあることで、そこから記憶が引き出される。モノは回想の憑代《よりしろ》と言ってもいい。

たとえば、父親からもらった時計、母親からもらった手袋など、古くなって機能が衰えていたとしても、それらの品を取り出してみたとき、ふと心をよぎるものがあるはずです。

この時計は、上京するときにくれたものだった、手袋はたしか入学祝だったな、などと、時計や手袋が、思い出すための糸口となってくれるのです。

そこから、一人暮らしには必要だろうと言ってくれた父親の言葉、ともに喜んでくれた母親の笑顔、そして、故郷の家の間取り、周囲の風景まで、無限に思い出は広がっていくでしょう。

たとえば、プルーストの『失われた時を求めて』には、紅茶に浸した一切れの小さなマドレーヌの味覚から不意に幼年時代の記憶がよみがえる場面が描かれています。まさに、マドレーヌが憑代《よりしろ》として、次々と過去の記憶を引き出していくのです。

ですからどんなモノでも、捨てずにとっておくことには大きな意味があります。

最近の風潮として、とにかくモノは捨てたほうがいいとする風潮に、私は疑問をもっています。

徹底的に物を少なくしている人のことを、ミニマリストというそうですが、彼らは、必要最小限の持ち物で丁寧な暮らしをしていると自画自賛しているようです。

しかし、近代的でモダンな、すっきりとした部屋にいると、そうした憑代を失っているのではないかと心配になってきます。それを考えると、捨てられないのは決して悪いことではない。むしろ、いいことなのではないかという気持ちにさえなります。

たとえば、戦前に、喫茶店で当たり前のように配られたものに、マッチがあります。私の先輩の一人は、各店が工夫をこらしたマッチのラベルを収集するのを楽しみにしていました。

そのマッチのコレクションを手にとると、思い出が限りなく出てくるという。軍歌ばかりの世の中でありながら、『湖畔《こはん》の宿』『蘇州夜曲《そしゅうやきょく》』『誰か故郷を想わざる』などの歌が誕生していたこととか、店で流れていたジャズとか、店の経営者がロシア人だったとか、思い出がどんどん広がっていく。あっというまに半日くらい経つらしい。

そして過ぎ去った日々を思うと、あたたかいものが、心にじわーっと広がっていく。それは、なんと幸福な時間でしょうか。

だから、何でもいいのです。

若い人は「捨てればいいのに」「とっておいて、なんの意味があるのか」と言うかもしれません。しかし、ちょっとしたガラクタであっても、そこには回想の糸口がたくさん詰まっている。手触りのある記憶がよみがえり、相続していくことができるのです。

歌も回想の憑代

テレビ番組で「懐かしのメロディ」などと銘打って昭和にはやった歌を特集することがあります。

ところが、昭和を生きた私たち世代が聞くと、どうもちがうなと思うことがしばしばあります。あの当時こんな歌はうたっていなかったという歌が紹介されることが多いのです。

私たちが中学生のころの歌と言えば、たとえば、岡晴夫《おかはるお》が歌った『啼くな小鳩よ』

であり、『憧れのハワイ航路』でした。岡晴夫は、「オカッパル」と呼んで親しんだものです。

ハワイへ行くなど夢のまた夢だった時代です。「あぁ　憧れのハワイ航路」という歌詞で終わる、その何とも言えないエキゾチックな歌は、きらきらと輝いて、つかのまでも貧しい日常を忘れさせてくれました。

あるいは、近江俊郎《おうみとしろう》の『湯の町エレジー』もはやりました。内風呂が少なかった当時、私たちは、これらの歌を銭湯の広い風呂の中で合唱したものです。

ところが、こうした「懐かしの……」という番組で、これらの歌が登場することはめったにありません。あれが聞けるかこれが登場するかと、楽しみにテレビの前に座った私たち年代の人びとはいつも裏切られています。

『悲しき竹笛』という歌があります。これを言うと、ほとんどの人が、

「美空ひばりの『悲しき口笛』でしょう」

と言いますがそうではありません。

『悲しき口笛』は、

「丘のホテルの赤い灯も　胸のあかりも消えるころ」

で始まる歌ですが、『悲しき竹笛』は奈良光枝《ならみつえ》がうたった歌で、

「一人都のたそがれに　想い悲しく笛を吹く」

と始まる歌で、当時大ヒットしました。

暁《あかつき》テル子の『ミネソタの卵売り』という変わった歌もはやりました。

「ココココココケッコー、コココココケッコー　私はミネソタの卵売り」

というものです。

こうして思い出してみると、次から次へと、当時うたった歌がよみがえってきます。その中心にあるのはやはり歌謡曲、その前後に外国民謡とか、竹久夢二《たけひさゆめじ》や野口《のぐち》雨情《うじょう》が作詞した抒情歌《じょじょうか》がありました。

亡くなった吉田正《よしだただし》さん作曲の『異国の丘』は、引き揚げ者だった私の心情にぴたりと合うものがあって、よく歌ったものです。あるいは、シベリアに抑留されて過酷な

収容所暮らしをする人びとのことを取り上げた、

「ハバロフスク　ラララ　ハバロフスク」

と歌う『ハバロフスク小唄』は、多くの人が涙を絞りながら歌ったのではないでしょうか。さらに言えば「やくざ歌謡」と呼ばれる歌もありました。

「影か柳か勘太郎さんか」

と、意味もわからないままうたった歌は『勘太郎月夜唄《かんたろうつきようた》』です。伊那生まれの勘太郎が身を持ち崩してやくざになり、遠く故郷を偲ぶという、軽妙な調子の中に悲しみを秘めた歌でした。


このように歌がよみがえってくると、同時に、当時のさまざまな光景も浮かんできます。つまり、音楽も回想の憑代となるのです。

たとえば、その当時、学校をさぼって、先輩と少し高い山の頂上まで行ったことを思い出します。夕日が沈んでいくさまを見ながら、先輩が突然、私の知らない歌をうたいだしました。

〽思い出の島　カプリ　きみと逢いし島よ

題名もわからないながら、一緒にハミングすると、なぜか、空を飛んでいるような気になって、すべてのしがらみから自由になったような気がしたものです。

「歌は世につれ世は歌につれ」

といいますが、私の中には、戦前に聞いた多くの歌があり、『リンゴの唄』など戦後まもなくの新しい歌があります。

そして、忘れてならないのは淡谷《あわや》のり子さんが歌う『雨のブルース』です。いまの東京音楽大学声楽科出身の彼女がうたう歌は、高貴な香りがして、「ブルースの女王」と呼ばれたその歌声に酔いしれた覚えがあります。

〽雨よ降れ降れ　悩みをながすまで

どうせ涙に　濡れつつ　夜ごと　嘆く身は
ああ　かえり来ぬ心の青空　すすり泣く　夜の雨よ

淡谷のり子さんは、慰問《いもん》のために戦地に行くとき、「軍歌」を歌うように要請されても断固として拒否したそうです。兵隊たちがほんとうに聴きたい歌は軍歌ではないことをご存じだったのでしょう。

「これが私の戦闘服」と言って、ドレス姿でとおしたという話を聞いたこともあります。

しかし残念ながら、いま、これらの歌にはテレビ番組でめったにお目にかかることがありません。そういう意味で、ほんとうに伝えたい歌は、回想の中にあると言っていいと思います。

同じ話でもかまわない

　年をとると、前に言ったことを忘れ、「その話は百回も聞いた」と叱《しか》られることも増えていきます。それは私も同様なのですが、じつは、同じ話を繰り返し話しているようでいて、少しずつディテイルは変化している。より正確になっていくのです。話しているうちに、それに付随していろいろなことを思い出して、回想の整理をしているからでしょう。

「あのときはああ言ったけれど、ほんとうはこうだった」
「あそこへ行ったのは秋だったと思っていたけれど、暑かったから夏の終わりだな」
などと、記憶がより鮮明になっていくのです。

　過去を振り返るのは後ろ向きだ。退嬰《たいえい》的だと批判する人もいます。「高齢になっても前向きに生きよ」という意見も、少なくありません。

　しかし、高齢者の場合、前を向いたら、死しかない。それよりは、あのときはよかった、幸せだった、楽しかったとさまざまなことを回想し、なぞっていったほうがいいのです。

誰もが回想の抽斗をたくさんもっているはずです。しかし、しょっちゅう開けて出していないと、錆《さ》びついてしまい出てこなくなる。だから、同じ抽斗を何度も開けたほうがいい。

たとえば、私は晩年にさしかかったころから、昔のことを考えることが多くなりました。それらの思い出を繰り返し咀嚼《そしゃく》し、牛がするように反芻《はんすう》して、何度も人に話してきました。話しているうちに、記憶はより正確に、細密に、リアリティがはっきりする。漠然と覚えていたことが、手に取るように細かく見えてきたのです。

しかも、話せば話すほど、話の組み立てもうまくなっていきます。

脳が活性化して記憶を整理する能力も上がっていくのでしょう。

この整理能力は、回想を相続させていくうえでとても大事な能力です。

「釈迦牟尼《しゃかむに》はばかにたとえが上手なり」

という川柳があります。

お釈迦様の話には、おもしろいたとえ話がよく出て来るという意味ですが、整理能力があるからこそ、なるほどと思わせるうまい話ができるのでしょう。

たとえば、釈迦牟尼が、農村を歩いていて一人の農夫とすれ違いました。農夫は、托鉢《たくはつ》の鉢をもって歩いてきたブッダに向かって言いました。

「俺たちは、こうして、毎日汗を流して田んぼを耕している。それにくらべて、あんたは一体何をしているんだ」

釈迦牟尼は答えます。

「私も耕しています。私が耕しているのは人のこころです」

落語を聞くと頭のトレーニングになるとよく言われます。それは、落語には、話をおもしろくする工夫がたくさんあるからでしょう。人間への洞察もあります。知らず知らずのうちに、おもしろく話す訓練ができているのではないでしょうか。

相続を受ける作法

人に話すときは、たとえ話を含めて、おもしろく、興味を惹くように話すことが肝要です。おもしろく話そうとする工夫があれば、認知症も遠のくにちがいありません。

『日刊ゲンダイ』の連載記事に、精神科医の和田秀樹《わだひでき》さんが書かれている認知症に関するコラムがあります。

「認知症　絶対やってはいけないこと　やらなくてはいけないこと」

私は、以前から忘れっぽいところがあって、周囲に迷惑をかけることがしばしばありました。

人と会う約束を忘れたり、原稿の締め切りを忘れたりするのです。さらに困ることはダブルブッキングです。いくつかの仕事を重ねて引き受けてしまって、当日大騒ぎになることも少なくありませんでした。

また、新しい電化製品を買ったときも、使い方をしっかりとメモをとって覚えたつもりなのに、三日も経てば忘れてしまって立ち往生《おうじょう》する始末です。

人と話していても、前に言ったことを忘れて、たびたびちぐはぐな会話になります。たとえば、

「その話は昨日しましたよ」

「そうかなあ、すっかり忘れていたよ」

「それについては、これまで三回も説明しています」

「三度あることは四度あるというじゃないか」

「それは行きすぎ、二度あることは三度あるんです」

という具合です。これでは、そのうち誰も相手にしてくれなくなるかもしれないと心配になります。

和田さんの話によれば、人の記憶には二通りあるそうです。一つはエピソード記憶です。これは、昔体験したことや、できごとを覚えていることをいいます。

もう一つは意味記憶です。これは、数学の公式や歴史的事件が起きた年号や人名や

勉強して覚えた外国語など、知識に関することを覚えていることをいいます。

一般的に、エピソード記憶のほうが記憶に残りやすいとされています。私の場合も自分の記憶を振り返ってみると、映画の一シーンのように、いろいろな映像が浮かんでは消えます。

一方、地名とか年代とかの記憶はあいまいです。それはおそらく意味記憶の力が低下しているということでしょう。

頭の中にエピソード記憶を温めているお年寄りは、繰り返し同じ話をすることが多いようです。しかし、認知症予防のためには、

「その話は百回も聞いたわよ。次はこうで、オチはこうでしょ」

などと聞き手が先回りして横取りしてはいけません。

和田医師によれば、根気よく耳を傾け、その話に関連したエピソードを聞いて、記憶の幅を広げるようにする必要があるそうです。

「なるほど。それで？」

「それは初耳だなぁ」

などと、これまで出力しなかった情報を引き出してあげることが大事だといいます。

回想は、認知機能の改善に役立つことが立証され、認知症のリハビリとしても取り入れられています。回想することで脳が活性化され、コミュニケーション力にも刺激を与えるからでしょう。また、よみがえった思い出が楽しいものであればあるほど、心理的な効果が高いとも言われています。

回想は投資信託とちがって、元本を割り込む心配もありません。しかも元手は自分の頭の中にあるわけですから、無限に存在している。これほど安心な財産は、そうそうないと言えるのです。

面授で伝える

文字を獲得した私たちは、宗教なども、活字を通して学ぶことが多くなっています。

しかし、日常的な暮らしの中で出会う人びとの中に、その生き方が好もしく感じられる人がいることがあります。

その人に、どんな暮らし方をしているのか聞いて、もし、「こういう信心をもっている」「こんなふうに考えて暮らしている」など、信じていることや考え方を学んだとしましょう。

そうすれば、その生き方にはいりこむことで伝わってくるものがあります。その人の信仰のあり方も、活字で読むよりはずっと、「なるほど」と納得させられるものがあるのではないでしょうか。

つまり、自分の人生を変えてくれるのは、書物ではなく、人なのです。

私にしても、これまでたくさんの本を読んで、それに感動して世界がちがって見えたということはありました。

しかし、心に強く残っているのは、一期一会《いちごいちえ》の人との出会いです。

仏教の世界では、インドで行《おこな》われた布教のやりかたから、宗教的な教えとして広まるようになると、歌ったり踊ったりするのではなく、「面授《めんじゅ》の弟子」というものを大切にするようになりました。

「面授」というのは、文字通り、面と向かって授けるという意味です。真宗では、とりわけ面授が重要視される。師と向き合って肉声で教えられた面授の弟子は一大権威をもったのです。

「こころの相続」もまた面授でなければなりません。そういう意味で言えば、私は、面授の弟子としての権威をもつ資格がありそうです。大学を卒業せずに横に出た、つまり中退した私は、さまざまな人との御縁があって、それらの人びとの面授の弟子になったからです。

私は、各界の名士とおつき合いする機会が多く、宿に泊まって徹夜でお話を聞いたり、対談形式の講演会に招かれたりと、直接レクチャーを受けることがたびたびありました。

私が得た知識はほとんど耳学問《みみがくもん》です。私は、それをとても大事なことだと思っています。

たとえば、十八年ほど前に亡くなりましたが、同郷で京都大学名誉教授だった福永《ふくなが》光司《みつじ》さんです。福永さんは中国思想史の研究者で、とくに、老荘《ろうそう》思想の権威で、タオイズムの国際的な研究者でした。

「タオイズム」とは、古代中国に生まれた思想で、人間は天地自然に従って行動し、そうした心の持ち方を身につけ、実践することで、自分本来の生き方ができるという考え方です。人間の生き方（道＝タオ）を説いていることから、タオイズムと呼ばれています。

その他、評論家で西洋精神史や文化史などの著作が多い林達夫《はやしたつお》さんとか、あるいは『死霊《しれい》』で有名な作家の埴谷雄高《はにやゆたか》さんなど、数え上げればきりがありません。分野を問わず、どなたとでもボーダーレスに話したいと思ってきました。

たとえば、美空ひばりさんとは、ある雑誌の対談でお会いしたのですが、私が、

「B面の『津軽のふるさと』がいいですね」

と言ったら、

「そう？　では、テレビで今度歌いますね」

とほんとうに歌ってくれました。

その後、私の本のサイン会にも突然来てくださったので、恐縮してすぐサインをしようとしたら、

「みなさん並んでいらっしゃるのだから、私も並びます」

と言われた。

「実るほど頭《こうべ》をたれる稲穂かな」

とは、まさにこのことだと感心した覚えがあります。

また都はるみさんは、お母さんがとても歌が上手で、歌のうまさを相続していることや歌をうたうとお小遣いがもらえたことなど、おもしろい裏話が聞けるのが楽しかった覚えがあります。

最近は、インターネットやメールが発達して、面授のチャンスは減るばかりです。

しかし、内容が変わらなかったとしても、肉声から伝わってくる感覚は、人間の言葉のなかの「命」だと私には思えてなりません。

人間と人間が向き合う。お互いの息づかいが聞こえるような距離で何かを学ぶ。つまり、一つの思想とか学問とか信仰とか、芸能などでも、人間が手を伸ばせば届くぐらいの距離で向きあい、肉声で伝えてこそ、相続できるものなのです。

押しつけにならない工夫

私たち世代には生々しい記憶が残る戦争ですが、現在、その記憶は薄れつつあります。再び悲劇を起こさないためにも、広島では原爆、沖縄ではひめゆり部隊や沖縄戦を語る語り部がいて、その悲劇を語り続けていいます。

しかし、記憶が薄れつつあるいま、修学旅行の高校生たちの中には、

「そんな話、もういいよ」

「もう聞き飽きた」

などの心ないヤジを飛ばす者もいると聞きました。

話を聞こうとしない彼らを見て、その態度に憤りを感じないではいられません。

しかし、戦後のひもじさを知っている人に話すのと同じ話し方では、通じるものも通じなくなります。それでは、きちんと相続すべき国民の体験を相続することはできないのです。それでは戦争の記憶は風化してしまうでしょう。

同じ国の人びとが味わった悲劇です。関心がないわけがありません。つい聞き入ってしまうような工夫が必要なのです。

たとえば、原作の漫画作品がテレビドラマやアニメ映画にもなって好評を博した『この世界の片隅に』です。

この作品がヒットし、多くの観客を感動させたのは、真実の物語だから見るべきだという、大上段に振りかぶった姿勢がなかったからでしょう。

ヒロインは、十八歳で広島から呉《くれ》に嫁いだ一人の女性です。原爆に見舞われた広島と軍港の町、呉ですから、彼女は数々の悲劇に見舞われながら、あの時代を生き抜いていきます。

しかし、作品で描かれたのは、悲劇だけではありません。

夫を愛し、家族を思い、舅姑に仕え、義理の姉との相克に悩みと、どんな状況にあってもけなげに笑って生きた庶民の姿でした。

そのけなげさゆえに、人間から何もかも奪ってしまう戦争の悲惨さが浮き彫りにされたのです。

広島や沖縄で語り部を務めている方たちが、とても大事な仕事をされていることは百も承知しています。

しかし同じ話を繰り返すばかりでは、それこそお年寄りの昔話のように、「その話は百回聞いたよ」「またその話？」と言われてしまうことがないとも限りません。

歴史には裏街道がある

とはいえ、歴史の証言者から生の声を聞くことはきわめて重要です。私たちが学校で学ぶ歴史は、表街道の歴史にすぎないからです。

歴史には、裏街道があると私は思っています。

たとえば、明治は日本の青春だったと言われています。すべての日本人が坂の上の雲を目指して近代化の坂道を登っていった時代だとされている。

しかし、歴史には一方で「坂の下の深い霧」があり、青春には青春の痛みがあるものです。明治の人びとは富国強兵の号令のもとで、軍備を整えるための高い税金に苦しみ、戦争に駆り出されていきました。

私は、『百寺巡礼《ひゃくじじゅんれい》』（全十巻、講談社、初出二〇〇三年のち文庫）で、たくさんのお寺を訪問しましたが、あるお寺の高齢の僧侶から、祖父から聞いた話としてこんな話を聞きました。

日清日露の戦争の時代のことです。

公事《くじ》逃れの御利益があるとされるお寺や神社がすごく繁盛《はんじょう》した、という話です。お寺や神社が繁盛というのもおかしく思われそうですが、繁盛という言葉はもともと宗教用語で、信仰者が増えることをいいます。

公事とは、公の仕事のことで、昔は税金の代わりに労働を提供することがしばしばありました。いまの言葉で言えば勤労奉仕《きんろうほうし》です。架線とか道路工事とか寺の建設など多岐《たき》にわたっていますが、その中に兵役も含まれています。

つまり、日清日露の戦争時に、公事逃れを祈るために、本人以外の人たちが神社や寺などにお参りする。それに御利益があらたかだと言われる社や寺がにぎわったという話です。

「ちゃんころ倒せ！」

「露助《ろすけ》撃つべし！」

とか人びとは勇ましいことを言っていますが、本心では必ずしも戦争に行きたかったのではないのではないか。なぜならば、貧しい農村では、働き盛りの若者は一番の労働力だったからです。長男は免除されていましたが、二人、三人と徴兵されたら、大きな痛手だったにちがいありません。

さらに言えば、どの時代でも、兵隊には行きたくないというのが庶民の正直な気持ちだったのかもしれません。

「どうか公事に呼ばれませんように」

という祈りをこめて寺や神社に詣でる人が多かったのです。

むろん本人が行くわけにはいきません。そこで親戚や友人が、家から離れたところへひそかにお参りしたのではないでしょうか。

明治の文豪、夏目漱石は、『草枕』で、そうした庶民の雰囲気を描いています。主人公の画家が気に留めているある女性が、甥《おい》の満州出征に際し、

「御前《おまえ》も死ぬがいい。生きて帰っちゃ外聞《がいぶん》がわるい」

と言って見送ります。

この女性には、あまり「憐れ」という感情がないかのごとくです。

ところが、この甥の出征を見送った汽車に、同じく出征する元の亭主の姿を見て、彼女は思わず茫然《ぼうぜん》となりました。

「かつて見た事のない憐れが一面に浮いてゐる」

漱石は、そう書いています。

出征兵士を見送る行事は、非常に勇壮なものでした。彼らは、「必ず金鵄勲章《きんしくんしょう》を取って帰ります」

「立派に死んでみせます」

と勇ましい言葉を残して出征します。ですから、彼らは勇躍して出て行ったと思われるかもしれません。しかし、そこにはえもいわれぬ悲しみが流れている。漱石の「憐れ」というのは、それでしょう。

このように、歴史を、教科書や年表で学ぶと、そうではない、あの時代はそうではなかったのでは、という食い違いがいろいろと出てきます。

先の大戦にしても、軍隊生活の悲惨さばかりが強調されています。一方で、私は沖縄で、軍隊は天国だったという人に会ったことがあります。彼は、

「軍隊用語を使っていれば、方言を笑われずにすんだこと」

「貧しかったので、三度のごはんを食べられることが嬉しかったこと」

「学歴を問わず古参兵になれば威張れたこと」

などを挙げて、軍隊は最高だったと言っていました。

しかし、こうした正直な庶民の気持ちを歴史教科書で学ぶことはありません。表に出ない、裏の歴史だからです。

ですから、歴史教科書を読んだだけではわからない。その陰にある歴史を知るために、書物という干物ではなく、生の証言を聞いて相続することが大切です。

時代には、その時代らしい空気があります。それは、歴史年表では絶対にわからないものなのです。

話したがらない話こそ資産

さきほどお話ししたように、私は、両親の話を聞かなかったことをとても後悔しています。とりわけ、親の成功談ではなく、負の部分、話したくなかったであろう話を聞いておけばよかったと思うのです。

両親の負の部分と言えば、その象徴は、やはりあの父親の「ため息」と「うき世のばかが起きて働く」というつぶやきです。そして、それを憐れむように見つめていた母の、父に向けるまなざしです。

そこには、おそらく、何か鬱屈《うっくつ》したものがあったはずなのですが、それを聞かなかった私は、それを知ることができません。

しかし、こんなつまらない失敗談など話してもしょうがないと思うような話のほうに、生き方の参考になる要素が詰まっていることもあります。

ですから、いやいやながらでもつい話してしまうような話を聞きたかったと思います。ただし、話してもらうためには、それなりの技術が必要だったのかもしれません。

それは、根掘り葉掘り聞くしつこさです。

「そんな話をしてもしょうがない」

「その話はしたくない」

と言われても、それでも聞きたいと繰り返し言えば、きっと話は出てくるはずです。

私は最近、相続することを拒否するかのようなＣＭ広告を見ました。ある企業の営業部の風景を映し出したものでした。

営業のベテランが、新人に自分のたくましい脚の筋肉を見せて、

「営業は脚でやるものだ」

と説教します。すると、それは古いとして、「イッツオールド営業」という言葉が流されます。これからの営業はデスクでやるものだということのようです。

これは、私の思いとは逆に、相続を切る、という発想です。古い伝統にとらわれないということが、現代的ということでしょう。

そういう主張を目にするたびに、ふとこんな言葉を思い出します。

「天《あま》が下に新しきものなし」

これは『旧約聖書』に原典があるようですが、「長い人間の歴史の中には、必ず先例があるものだ」という意味で、新しい方法だと言ってみても、百年前、五百年前、千年前、あるいは、つい何十年前に、誰かがやっているのですから。

第5章

日本人としての相続とは

民族文化という宝

これまで述べてきたように、人が相続すべきものはたくさんあります。個人レベルのものから、それを超えた国や社会レベルのものまであります。「民族性」もその一つでしょう。

民族性は、ナショナリズムとか民族主義などから生まれると言われますが、日本特有に思われるものでも、もとをたどればルーツは大陸だったというものもあります。つまり、国境を越えてボーダーレスに相続してきたということです。

たとえば、「胡《こ》」という文字です。「胡」とは、もともと古代中国の北方・西方の異民族のことですが、日本にも「胡」がつく言葉は、シルクロードを経由して大陸から伝わりました。思いつくまま挙げるだけでも、「胡椒《こしょう》」「胡弓《こきゅう》」「胡麻《ごま》」「胡蝶《こちょう》」「胡瓜《きゅうり》」などたくさんあります。

また、「胡酒」はワインのことで、「胡姫《こき》」は、外国から来日した踊り子のことですから、ずいぶん昔から、大陸との交流があったことを示しています。

その他、意外に思われるかもしれませんが、「胡坐《ござ》」はあぐらのことで、テントで暮らす遊牧民たちの座り方です。

おそらく、それまでの日本人は、正座でもなくあぐらでもない座り方をしていたのでしょう。日本にはいってきた当時、「胡坐」は、モダンで格好いい座り方としてはやり、日本の民族性の一つになって相続されてきたのではないでしょうか。

座り方と言えば、韓国の女性は片膝を立てて座ります。あれは古い時代から相続されてきたものです。

私は韓国へ行って買い物をしたとき、韓国の女店員さんたちが、右手の肘に軽く左手を添えて、おつりを渡してくれることに気づきました。

おそらく、古い時代、長袖のあの独特の民族服を着ていたころに、袖をまくる必要があって、こういうしぐさをしていたのでしょう。それが、祖母から母へ、母から娘へと相続され、袖をまくる必要がなくなっても、無意識のうちにやるようになったのではないでしょうか。そのしぐさは実に優雅に見えますし、奥ゆかしい感じがして、深く記憶に残りました。

デザインや車にも相続がある

ドイツという国家にとって、第二次世界大戦は悪夢そのものです。もちろん、その遠因には、第一次世界大戦で結ばれたベルサイユ条約で多額の賠償金を科されたことがあります。

しかし、それはやはり、総統としてヒトラーという怪物を選んでしまったことの言い訳にはなりません。こうした痛みをともなう記憶は、一刻も早く消してしまいたいものですが、抜きがたく残ってしまうものです。

たとえば、ナチスの制服を格好いいと思う人はたくさんいます。

とくにナチス親衛隊の黒い制服は、アイドルグループ欅坂《けやきざか》46が、そっくりの衣装でライブをした、というので問題になったこともありました。

たしかに、黒い制服と帽子でバシッと決めた姿の格好良さは否定できないものがあります。

それらのデザインをしたヒューゴ・ボスの名を冠したブランドは、いまでも黒にこだわり、紳士服の高級ファッションブランドとして君臨しています。いわば、ナチス時代を相続していると言えるのです。

また、オーストリアの天才的な自動車設計者フェルディナンド・ポルシェは、ヒトラーに命じられてフォルクスワーゲンを作りましたが、これは形も流線型のエンジンもポルシェと同じコンセプトです。

車は、戦争によって進化するところがあるので、戦争の遺産として残っていくのかもしれません。たとえば、いろいろな戦闘機を作ったドイツの航空機、自動車メーカーのメッサー・シュミット社のデザインや技術も相続されていまに続いています。

こうした民族性は、おもしろいことに、騎兵隊の騎乗の仕方にも表われています。

たとえばドイツの騎乗法は、姿勢を正し、胸を張って騎乗する。これは、分列行進をするととても格好いいのですが、塹壕戦《ざんごうせん》になるとうまく飛び越えられなくて、実用的ではありません。

これが、ドイツの誇るメルセデスベンツやアウディのシートに受け継がれています。すなわち、クッションが硬くて、背筋をのばしてスティアリングを握るような形になっているのです。

それに対して、フランスの騎兵隊は、背中を丸めてグニャッとした姿勢で乗ります。モンキー乗りのようで格好いいものではありません。しかし、見た目では活気がなくても、戦場では実用的なのです。

それが相続されて、シトロエンも、ルノーもシートがふわふわと柔らかくできています。背中を丸めて、肩を落として運転できるので疲れないのが特徴です。

高校球児に日本文化を見る

もちろん日本人にも抜きがたい民族性があります。毎年大きな話題になるのは高校野球です。今年も、どこのチームが史上最速の剛速球の持ち主を引き当てるかが話題になっていました。

しかし、私が興味深く見ているのは、甲子園の入場行進です。体位の向上は驚くほどです。

ところが、おもしろいことに、歩き方だけはなぜか軍隊式です。足をまっすぐに伸ばしてスッスッと歩かずに、膝を上げ、下に踏みおろす歩き方です。

この歩き方を見て私が連想したのは、戦後まもなくの中学生のころあった農業という学習課目でした。その中に、田植え体験があったのですが、いまのように機械化されていませんでしたから、苗束を片手に一株ずつ植えていきます。

水の張った水田は、足を入れるとズブズブと沈んでいきます。その中で移動するためには、膝を高く上げなければなりません。膝を伸ばしていたのでは、泥田を移動できないからです。昔の日本の歩き方はそうでした。

高校球児の行進の歩き方は、これにそっくりです。

日本で農耕が始まった弥生時代から、いまにいたるまで、我々日本人はこの歩き方を相続したのでしょう。

日本人特有の行進の歩き方とは、大股で歩かないことです。着物を着ていたからだと思います。ですから、ちょこちょこと小幅でしか歩けません。そういう歩き方で、江戸時代の人は、東海道五十三次を歩きとおしました。

じつは私は偏平足で「土踏まず」がないのですが、小股で歩く分には、何の支障もありません。しかし、ドイツでは、偏平足を一種の病気と見て、街角には、治療師のような人がいて、靴に中底を入れるなど工夫をしてくれるそうです。

ドイツで医学を勉強した森鷗外は、徴兵検査のとき、偏平足の人は甲種《こうしゅ》合格にしなかったという伝説があります。

もしかしたら、この偏平足も昔から日本人が相続したものなのかもしれません。昔、地方では、偏平足を「草鞋足《わらじあし》」と呼んで珍重したという。なぜならば、あのアーチの形成は、未成熟なときから重い荷物を持って重労働をしていると、「草鞋足」になるらしいのです。

つまりこれは、その若者が働き者である証拠なのです。昔は、「草鞋足なら嫁にやろうか」という話もあったと聞いたことがあります。

若者と高齢者をつなぐ

私のように、戦前から、いわゆる流行歌に親しんで生きてきた人間にとって、歌謡史の変遷も、その様変わりにびっくりすることがしばしばあります。

たとえば、昔は曲とともに歌詞が重視されていたのに、いつのまにか、歌詞がはっきりと聞こえなくなりました。声が楽器の一つになったかのようで、戸惑ったものです。そして、旧世代には、誰が誰やらわからないアイドルグループが活躍しています。

ファンの中心は若い男の子たちで、熱中した彼らは、繰り返しコンサート会場に足を運んだり、熱心に握手会に行ったりしているらしい。

たしかに、握手会に参加するために、同じCDを何枚も買っていると聞けば、彼ら「追っかけ」に対して眉をひそめたくもなるでしょう。

しかし、こうしたシステムに踊らされる彼らを、かわいそうに思うことはあっても批判するのは筋ちがいでしょう。

なぜならば、いつの時代にも、こうした追っかけ少年はいたからです。

たとえば、明治時代に「どうする連」というブームが起こったことがあります。対象になったアイドルは娘義太夫《むすめぎだゆう》です。十五、六歳の少女が、演台に座って、髪を振り乱し、泣き叫ぶようにうたいあげる浄瑠璃が、熱病のように流行したのです。

書生《しょせい》と呼ばれた若い学生が山のように詰めかけて、クライマックスになると、みな立ちあがって、「どうするどうする！」と叫んだという。そこから「どうする連」と呼ばれるようになったといいます。

寄席《よせ》と呼ばれる劇場が、東京中にあったので、人気のある太夫は、掛け持ちで移動します。

人力車で移動するので、その後ろから、何百人もの若者が、わっしょいわっしょいといいながら追いかけて、人力車の後ろを押しながら次の会場に向かいます。そこでクライマックスになれば、また「どうするどうする」が始まったのでした。

これはいまとまったく変わらない光景です。それを知っていれば、いまの若者がアイドルグループに熱中することを嘆くのは意味がないことです。明治の大先輩が「どうする連」ならば、戦時中にも同じようなことがあったはずと思えてきます。

そして、ある世代の人々は、グループサウンズに熱中したことがあったことを思い出すこともあるでしょう。

もう一つ、明治時代にはやったものに演歌（演説歌）があります。私は、それに「演歌ラップ」と名づけて雑誌に発表したことがありました。

明治の演歌は、歌詞のスピードとリズムと長さが半端ではありませんでした。早口の即興でうたう歌はまさにラップです。しかも、激しいプロテストソングで、自由民権運動の主張を掲げていました。

いまの日本のラップにそういう要素は希薄になっているかもしれませんが、本来のアメリカのラップは、時代に対するプロテストのはずです。フォークソングにも、その流れがあるのは、音楽の中にも、伝承されてきたものがあったからでしょう。

ロックンロールも相続されていて、ビートルズもプレスリーも、教会音楽の流れを受け継いでいます。かつてローリングストーンズのミック・ジャガーと雑流の対談をしたときも、

「自分たちがやっているのはブルースだ」

と言っていました。若いときに嫌というほどブルースを聞いて育ってきたと言うのです。

ブルースは基本的に、アメリカの黒人労働者たちが、その生活の中から歌ってきた

もので、アフリカのリズムや祖先の記憶が相続されているという。父や母がうたっていた歌を聞いて自然に歌うようになったにちがいありません。

そう考えると、音楽はまさに相続されてきたものの代表と言ってもよさそうです。

つまり、ロックもラップも追っかけも、昔から相続されてきた文化なのです。

時代に刻印された相続

前にも触れましたが、時代を反映した相続という点では、『万葉集』も例外ではありません。

いま、書店に行くと、『万葉集』関係の本が何冊も並んでいます。

令和という新しい元号のブームは一段落ついたようですが、それに関連するさまざまな資料や研究、解説などは、根強く売れているようです。

私も、『万葉集』の関連本を何冊かまとめ買いした一人です。八十の手習いというか、改めて『万葉集』について考えてみようと、入門書を手に取ってみたのです。

私はいまでも『万葉集』のなかの、いくつかの歌を覚えています。覚えているというのは、記憶しているという感じではなく、なんとなく口をついて出てくるということです。そのほとんどが小学生時代に覚えたものですが、文字としてではなく、歌で記憶しているのです。

しかし、私は長い間、『万葉集』にひそかなアレルギーを抱えていました。

当時は戦争のさなかだったので、『万葉集』は軍国主義や百王思想のために使われていたからです。歌もそれに即したものでした。私が覚えているのは次の三首です。

「御民《みたみ》われ生ける験《しるし》あり天地の栄ゆる時に遭《あ》へらく思へば」

これを、あの時代に即して解釈すれば、「大東亜共栄圏のこの時代に生まれてほんとうに幸せで嬉しい」という意味になります。

「今日よりは顧《かえり》みなくて大君の醜《しこ》の御盾《みたて》と出で立つ我は」

これは、学徒出陣のときに歌われたもので、「今日からは、天皇の御盾として命を投げ出します」という意味です。

「海ゆかば水《み》漬《づ》く屍《かばね》　山ゆかば草生《くさむ》す屍　大君の邊《へ》にこそ死なめ　かえりみはせじ」

意味は読んで字のごとしで、作曲されて、大本営の発表のときに流されました。ラジオ局は、勝利のニュースのときに軍艦マーチを流し、その反対の大本営発表ではこの曲を流すことが多くなっていったのです。

それはほとんど悲しいニュースでした。私たちは、この曲が流れると、「あ、また何かあったな」と思ったものです。山本《やまもと》五十六《いそろく》が戦死したときも、流れたのはこの曲でした。

当時のエピソードとして、直木孝次郎さんからこんな話をうかがったことがあります。

学徒出陣の学生たちの中には、背嚢の中にこっそりと、和辻哲郎《わつじてつろう》の『古寺巡礼』や『万葉集』などを忍《しの》ばせて出陣した者がいたそうですが、あるとき、一人の学生が月の光る夜、命じられた歩哨《ほしょう》に立ちました。

彼は、月の光の中で、ひそかに『万葉集』を読んでいて下士官に見つかってしまいます。「何を読んでいるんだ！」と厳しくとがめた下士官は、奪い取った本の表紙を見て、うなずき、

「マンバシュウか、これならいい」

と言って、返してくれたそうです。

「マンバシュウ」と言ったくらいですから、『万葉集』を読んだこともなかったにちがいありません。その上官は、『万葉集』を、『軍人勅諭』に近いものとしか思わな

かったのでしょう。当時、『万葉集』はそういう愛国的な詩集としてあつかわれていたのでした。

『万葉集』という、日本の誇るべき文学作品も、このように、時代を映して伝わっていくという危険な側面があります。

好むと好まざるとにかかわらず、『万葉集』は戦時下に国民歌集として存在しました。もちろん『万葉集』に罪はありません。責任は、それを戦意昂揚のために悪用した軍学協同体にある、といえば言いすぎでしょうか。

私が、『万葉集』には、相聞歌や挽歌のようなラブソングのほうが多いことに気づいたのは、戦後もずいぶん後になってからのことでした。

泣けなくなった日本人

柳田国男《やなぎたくにお》と言えば、『遠野物語《とおのものがたり》』で知られる民俗学者です。地方から消えようとしている不思議な物語を相続しようという大きな仕事をなしとげました。

私が興味をもったのは、柳田の『涕泣史談《ていきゅうしだん》』です。もともとは講演でした。涕泣とはすすり泣くという意味で、「人間が泣くことの歴史。」とはじめられています。

それによると、「人が泣くということは、近年著《いちじる》しく少なくなっている」というのです。「大人が泣かなくなったのは勿論《もちろん》、子どもも泣く回数がだんだんと少なくなっていくようである」として、子どもを泣かさぬようにするのが育児の理想、とする傾向があるけれど、「泣く子は育つ」という言葉もあって、それは「必ずしも気休めの言葉ではなかった」と言っています。

それに関して、赤穂浪士の一人、堀部安兵衛《ほりべやすべえ》の妻で尼になった女性の、

「小児の泣くといふこと、制せずに泣かすがよし。其子成長して後、物いひ伸びらかになるもの也」

という言葉も紹介しています。

柳田は、「泣くこと」は、言葉を使うよりも簡明で適切な、自己表現の方法だった

いる。殊に日本人がそれを忘れかけていることを問題視しています。

「人の表現は、必ず言語に依《よ》るということ、是《これ》は明らかに事実と反している。殊に日本人は眼の色や顔の動きで、かなり微細な心のうちを表出する能力を備えている」

そう言っています。これは、言語を表現の唯一手段であるかのように思うことは、学問の悲しむべき化石状態である、という警世《けいせい》の文章です。

たしかに、本来、日本人はよく泣く国民でした。

平家物語にも舞台にも、大の大人が泣く場面がたくさん出てきます。ですから、泣かなくなって大事な表現手段を失ったという考え方には共感します。ただ、じつは柳田の「言葉を唯一の手段としたことの誤り」を指摘している結論とは、ちがう意見を私はもちました。

『涕泣史談』が書かれた昭和十六年と言えば、十二月八日に日本が真珠湾を攻撃して、太平洋戦争が始まった年です。

この時代、一人息子が戦争に行って戦死して、白木《しらき》の箱で帰ってきても、母親は泣くことができませんでした。

「よくぞお国のために死んでくれました。来年の春は、靖国神社の桜の木の下で会いましょう」

という母親の言葉が、美談として新聞のトップを飾る、そんな時代でした。

ですから、泣くことは女々《めめ》しいこととされ、泣きたくても泣けなくなったのです。それが戦後も尾をひきました。高度経済成長期は、経済成長を重んじるあまり、情とか、抒情とか、あるいはサンチマン（情感、怨念）といったものが排除されていく過程だったように思えます。

私たちは、人間関係においても、文章においても、この社会のあり方においても乾ききって、ひび割れ寸前の社会をつくってきたのかもしれません。それがいまも続いているような気がします。

いま、笑うことが大事だと言われています。笑えば健康になるとされ、笑え、笑えと言われて、泣くことはマイナスであるかのようです。

しかし、人は、泣くことで鬱から抜け出せる。ちゃんと泣けば、気分がすっきりするのです。それが、「涙の効用」でしょう。その意味では「泣く伝統」は、日本人に忘れられている大事な財産の一つだと思うのです。

第6章 いまこそ記憶の相続を

大局より一人の兵士

「こころの相続」を考えてきて、やはり最大のテーマは、何度も繰り返すようですが「記憶の相続」だと思います。それはとくに、未来に向けての歴史の相続につながることだからです。

その記憶の相続が、最近、大事なところで、ぷっつり切れているのを私は感じます。戦争の現場についても、語り継がねばならないものが語られていないと感じてしまうのです。その最たるものが、前にも触れた一人の兵士にとっての戦争でしょう。

戦争の大局、戦術とか戦局の推移よりも、一人ひとりの兵士の目線に重点を置いて戦争を描いた『日本軍兵士』(吉田裕著、中公新書)を読むと、そのことがよくわかります。

体重の半分、三十キロ以上にもなる装備を背負った行軍《こうぐん》のことは前に書きました。その行軍で履いている軍靴は、すぐに紐が切れ、はだし同然で歩いている兵士もいた。靴とは名ばかりで、脛《すね》を守るための脚絆など、布切れを足に巻き付けて歩いている兵士さえいたそうです。

物資不足よりもっと悲惨だったのは、食糧不足と病気です。

兵士たちの死と言えば、勇敢に戦って死んだ戦死を思い描かれるかもしれません。しかし、現実には、戦闘による死よりもマラリアや赤痢などによる戦病死、食糧不足による餓死のほうが、はるかに多かったのです。

食糧不足に戦争神経症などが加わった「戦争栄養失調症」になると、兵士たちは極度の体重減少、食欲不振、下痢、貧血などが治まらなくなり、皮下脂肪も筋肉も落ちて、ついにミイラ状態の「生ける屍《しかばね》」になっていったらしい。

戦闘による名誉の戦死とはちがう兵士たちの死と言えば、三十五万人にも及ぶと言われる海没死、つまり艦船の沈没による死もあります。

急ごしらえの輸送船は性能が悪くて、米海軍の潜水艦に容易に狙われやすい。狭い船倉《せんそう》に詰め込まれた兵士たちは、船の沈没に際して、脱出も救出もならないまま死んでいったのです。

救命ボートに乗れる人数にも限りがあり、海上ですがる浮遊物を、兵士同士で奪い合う地獄絵図が繰り広げられた。

吉村昭《よしむらあきら》さんの小説『海の柩《ひつぎ》』に書かれたように、救命ボートにすがりつく無数の兵士の腕を、将校が刀で切り落とすという悲惨な事件まで起きています。おびただしい数の腕のない死体を引き上げた漁村の生き証人は、戦後二十年以上たっても、憲兵かららいい渡された箝口令《かんこう》に縛られていたそうです。

また、前にお話しした行軍中の自爆など、厭戦や重い傷病による絶望のため自殺する兵士も後を絶たず、日本軍の自殺率は世界一とも言われました。

戦局が悪化して、撤退せざるをえなくなった軍隊では、歩けない傷病兵の「処置」が問題になります。

たとえば、銃を撃てる者は最後まで敵に抵抗し、もうダメ、と判断したら自殺用の毒薬を飲むよう命じられる。またはここで自決すれば戦病死ではなく、戦死として扱うなどと言われて、その場で銃口をくわえて引き金を引いた傷病兵も、少なくなかったという。

このような状況の中では人間が人間でなくなっていきます。軍の規律や秩序も希薄になり、軍の一隊がほかの隊を襲って物資や食糧を強奪したり、さらに飢餓が進むと、人肉食のための殺人まで行《おこな》われるに至ったのです。

こうした目をそむけたくなるような事例は、挙げればきりがありません。しかし、これこそが一人ひとりの兵士の視点から見た戦争の現実なのです。

それはほんとうだろうか

過去について書かれた本を読むたびに、心をかすめる黒い影があります。

〈それはほんとうだろうか？〉

と、いう疑問です。

ことに近過去というか、明治以降の歴史について、そう感じることが多い。いや、もっと正確に言うなら、戦中、戦後の現代史に関してです。

私は昭和七年の生まれですから、ものごころついたころはすでに昭和十二年頃でしょうか。小学校にあがる前のことなどは、かなり鮮明な記憶があります。トルストイとか三島由紀夫などの天才は、それこそ産湯を使った記憶まで残っていたと言いますが、残念なことに私は五歳以前のことは、ほとんど憶《おぼ》えていません。

断片的なイメージは残っています。しかし、それがきちんとした時代と場所に結びつかないのです。

たとえば、子どものころ、私が仲間のようにしていた愛犬がいました。小型犬で、チルという名前でした。その犬とはよく遊びました。当時、両親が小学校の教師だったため、昼間はほとんど独《ひと》りで過ごしていたのです。たぶん、あれは四歳か五歳のころだったのではないか。

そのころの断片的な記憶はいくつか残っていますが、いわゆる時代相というものはわかりません。

時代を記憶しているのは、やはり小学生になってからのことです。

ある夜、父親につれられて街へ出ました。昭和十二年のことだと思いますが、街中が人びとと歓声であふれ返っていました。イルミネーションを飾った花電車が走っており、男も女も提灯《ちょうちん》を手にもち、歌ったり叫んだりしていた。号外がくばられ、群集は興奮して、万歳を連呼していました。それまで見たこともない人の渦《うず》でした。

最近のハロウィンは若い人が多いのですが、その夜の大群集は老いも若きも、といった感じでした。

「今日、南京が陥落したのだ」

と、父親が教えてくれました。後でふり返ってみると、あれは昭和十二年の七月に始まった中国との戦争で、当時は「支那事変《しなじへん》」と称していた戦いの序盤だったのです。

子供の私が体験したのは、支那事変において南京を攻め落とすことに、日本全体、マスコミをあげての期待が集中していたらしい。

それだけに、待ちかねた南京陥落のニュースが伝わると、大提灯行列、花電車、歓《かん》呼《こ》の声と群集が夜の街にくりだし、官民あげての大祝賀パーティーがわきおこったのでした。

人びとはまるで全員が酔っぱらっているかのようでした。

「これで支那はお手あげだ!」「日本は勝ったぞ!」「万歳!」などの声がとびかい、軍歌や国民歌の合唱がわきおこりました。その晩の日本国民の熱狂ぶりは、全国各地でも同じようなものだったにちがいありません。当時の新聞をひろげてみれば、その興奮ぶりがよくわかります。

敗戦後に、「一億総懺悔《そうざんげ》」という表現に対して批判が続出しました。悪いのは軍部であり、政府であり、国民は彼らに欺かされ犠牲にされたのだから「一億」という表現はまちがっている、という説だったと思います。

しかし、当時の日本人は必ずしも百パーセント被害者ではなかったのではないか。国民的感性の盛り上《あが》りを背景にしてこそ、軍や政府は暴走した、と私は思っています。

煽り、煽られの共犯関係がそこにあったと言えば、批判を受けるでしょうか。それが五歳ごろの記憶です。その辺から少しずつ記憶がつながりをもちはじめてくる。時代が子ども心にも意識されはじめるのです。

戦時中の少年の記憶が、いま歴史として教えられるものと、少しずつ食い違いはじめるのは、そのころからです。

歴史がちがっているという感覚

歴史がちがう、というのは現在、書かれて常識となっているものと実感がずれているということです。

卑近な例をあげると、テレビなどで〈懐かしのメロディ〉みたいな番組がありま す。いくつもの歌を流して、

「当時はこんな歌が大流行していました」

などと世相を解説することが多い。

「戦後の日本では、こんな歌が流れていました」

と紹介される歌が、ほとんど定番といっていいきまりきった歌なのです。

『リンゴの唄』『星の流れに』、そして『買物ブギー』、美空ひばりのヒット曲、など。

ほとんどが同じ歌で、きまりきった構成です。

〈もっとちがった歌もたくさんあったのに〉

と、いつも思う。要するに番組を制作しているスタッフが、当時の世の中の空気を知らないのです。それは当然でしょう。戦後の実情を肌で知っている人たちは、死んでいるか超高齢者なのですから。

そうなれば制作スタッフは当然、当時の世相を知るために、年表とか、戦後の世相を回想した本や雑誌を参考にするしかありません。

常に同じ曲が流れるのは、共通の資料を使うからでしょう。しかし、年表は必ずしも真実を伝える資料ではない。

その年のベストセラーの資料もそうです。「その年のベストセラー」などと数字が出ていても、事実はちがうことが山ほどあります。

たとえばレコードにしても本にしても、その年の年頭に発売されて、一年間で大きな数字が出たものの数字は正確です。しかし、その年の十月に発行されて、翌年にかけて売れ続けた本は、しばしばその年度のランクから外れることがあります。二年にわたって売れた数字が、その年度だと二分されてカウントされないからです。

一年間に二十万枚売れたレコードがある。その一方で前の年に十五万枚、その年に十五万枚売れたレコードは、その年のランクから外れてしまいます。正確な数字といえども、資料にあたっても当てにならないことが結構あるのです。

爆発的に売れて、すぐに忘れられる歌もある。大ヒットにならなくても、何十年も歌い続けられるロングセラーもある。

前にも書きましたが、流行歌について言えば、戦後しばらくして流行った岡晴夫《おかはるお》の『啼くな小鳩よ』とか、近江俊郎《おうみとしろう》の『湯の町エレジー』など、懐メロ番組でもほとんど聞いたことがありません。あれほど愛唱されていたのに、といつも思うのです。

個人の体験こそ戦争の真実

富山県八尾《やつお》で毎年開催される「おわら風の盆」は、独特の情緒で人気がありますが、私は昔、ここを舞台に『風の柩《ひつぎ》』（初出一九七一年のち徳間文庫）という短編小説を書いたことがあります。

テレビ局に勤める主人公の恋人が、彼と別れて故郷の八尾に帰って自殺してしまいます。その理由が自分にあったのではないかと心を痛めつつ、仕事にかこつけて八尾を訪れた彼は、彼女の妹と父親に出会います。

父は、この「風の盆」の歌い手として知られる名人でしたが、いまはぷっつりと歌うのをやめてしまいました。その理由が、彼女の死に関係していたのです。

じつは彼女の父親は、戦時中、上官から強制されて中国人の女性スパイを銃剣で殺す訓練を体験させられていました。妊娠してお腹の大きい女性の、そのお腹を突き刺したこともあります。そのことを、訪ねてきた父の戦友が話すのを漏れ聞いてから、彼女は精神状態がおかしくなり、ついに死を選んだのでした。

稀有《けう》な歌い手が歌をやめたのも、彼女の自殺にからんだ自分の戦争体験が忘れられないからでした。

『風の柩』にはこうした暗い話が描かれています。万葉学者で高志《こし》の国文学館館長を務めていらっしゃる中西進《なかにしすすむ》さんは、この小説をいい作品だと評価してくれましたが、あまり広くは読まれませんでした。

このように、苦しく辛い話はどうしても相続しづらいきらいがあります。

引き揚げの歴史もそうです。それは、ほんとうに大変なできごとでした。ものすごい数の人びとが外地から引き揚げてきて、言語を絶するようなできごとが続いたのですが、これも語られることがありません。

引き揚げの悲劇は、日本だけにとどまらず、どこの国でも起きています。戦争があるたびに、大量の人間が強制移動させられたり、難民として逃れたりした歴史が繰り返されています。しかし、それはほとんど語られないまま、歴史が作られていきます。

戦争の記憶が薄れつつあるいま、それはきちんと相続されるべきではないでしょうか。勇壮な戦記はありますが、戦争のリアルな記録はあまりにも少ないのです。

たとえば、私は、隣組《となりぐみ》という言葉を聞いただけでアレルギーが出そうになります。

〽とんとんとんからりと隣組
格子《こうし》を開ければ顔なじみ
廻して頂戴回覧板
知らせられたり知らせたり

と明るい調子で歌われる歌に、その要素は皆無《かいむ》です。この歌を聞いた後世の人びとは、隣組は「相互扶助の明るい連帯」だったというイメージをもつことでしょう。

しかし、隣組は協力組織であると同時に、ある意味での国民の相互監視組織でもありました。それまでの町内会とちがって、国とか、大政翼賛会などとのつながりのある運動組織だったのです。防空訓練や千人針《せんにんばり》の運動なども隣組を通じて行《おこな》われました。

このように、市民を拘束するための全体主義的な組織だったことが語られないまま、

「隣組はすばらしい組織だった」

という物語が作られていくのです。

いま、戦争体験者はみな九十歳をすぎています。ですから、歴史を相続するためには、聞いておかなければなりません。そうでないと、ほんとうの戦争とはどういうものだったのかがわからなくなるのです。

歴史の表と裏

後になって、定説となる同時代史に大きな違和感を覚えることを書きました。それ

が明治時代や江戸時代ともなれば、その誤差は、かなり大きなものとなるのではないでしょうか。

現実社会に「表」と「裏」があるように、過去の時代にも「表」と「裏」がありま す。私たちが生きた同時代についての記述すらそうだから、百年前、五百年前ともなればなおさらでしょう。その当時に生きた人が、歴史の教科書を読めば、仰天するかもしれない。「これは一体どこの国の話だ」と。

「一級史料があるから確実だ」

などと言っても、その史料が時代の全体を語るわけではありません。

最近になって、少しずつ敗戦時の旧満州や北朝鮮での「性接待」の話が語られるようになってきました。

平成二十五年四月、昼神温泉などで知られる長野県阿智《あち》村に全国で初めての「満蒙開拓平和記念館」ができました。

戦前からの国策として満州や内蒙古に送り込まれた満蒙開拓団の史実を、風化させることなく後世に伝える拠点として、作られたものです。

開館以来、かつての開拓団の実像を伝える数々の資料を展示するほか、「語り部講話」として、当時の生き証人の体験談を聞く会が催されています。

とくにその中で、開館直後、二〇一三年七月と十一月にお話をされた岐阜県旧黒川村満蒙開拓団の二人の女性の悲痛な体験談が、大きな波紋を呼びました。

この話をきっかけに、いくつかの雑誌や新聞も特集を組み、二〇一七年には「告白～満蒙開拓団の女たち」（ＮＨＫ・ＥＴＶ）や、「記憶の澱」（山口放送）などのドキュメンタリー番組も放映されました。

体験談と報道の数々から浮かび上がってくるのは、次のような事実です。

旧満州では、敗戦後、自分たちを守ってくれるはずの関東軍は撤退してしまい、多くの開拓団が孤立してしまいました。日ソ中立条約を破って侵攻してきたソ連軍のほか、いままで支配されていた現地人も一気に暴徒化し、敗戦国の弱体化した開拓団に襲いかかります。

そこには略奪・暴行・虐殺・強姦など、あらゆる無法がまかりとおりました。彼女たちの隣の村の開拓団は、この無法に耐えかね、集団自決で全滅しました。

黒川開拓団の中でも集団自決の声が高まりましたが、リーダーの一人が、

「人の命はそんなに簡単なものじゃない」

と主張して、思いとどまります。

そしてリーダーたちは、たまたま団の中にいたロシア語のできる人間を通じて、近くに進駐してきていたソ連軍に、保護を求める交渉をしました。するとソ連軍は、兵の暴行や現地人の襲撃から団を守り食糧や塩を提供する代わりに、若い女性を将校の「接待」役として差し出せという条件を付けてきたのです。

つまり挺身隊のような形で、決まった女性たちを交代で慰安婦として差し出せということです。それはソ連軍側から一方的に強制されての行為ではなかった。日本人会による取引きでした。

夫や子どものいる女性には頼めないということで、結局、十七歳から二十一歳まで

の未婚の女性が十五人選ばれました。

「このままでは集団自決しかない。何とか全員が助かって帰国するために、団に身を預けてくれないか」

と、必死の説得が行《おこな》われます。

「あなたたちには団を救う力がある。将来には責任をもつ」

とも言われたといいます。

女性たちが「絶対いやです」と拒否するのは当然です。そんなことをするくらいなら、死んだほうがましと、拳銃をもって飛び出した女性もいたそうです。

結局、何百人もの命を守るためには断りきれず、当時二十一歳だったリーダー格の女性は、

「日本に帰ってお嫁に行けなかったら、お人形の店でもやって一緒に暮らそう」

そう言って、全員をなだめたと言います。

連れて行かれたベニア板張りの「接待場」では、女性たちは布団の上に並んで横た

えりました。彼女たちの言葉を借りれば、「辱めを受ける」あいだお互いに手をしっかりと握りあい、泣きながら暴行に耐えたそうです。覚悟していたとはいえ、「助けて、お母さーん、お母さーん」と泣き叫ぶ女性もいました。

暴行の事後処理として、彼女たちは医務室に行き、性病や妊娠を防ぐために薬品を管で体内に注いで洗浄を受けます。彼女たちより年下の女性が、泣きながらその冷たい薬液を注ぐ仕事を手伝ったという証言も残っています。

こうして、何か月もの過酷な試練に耐えた結果、黒川開拓団は暴徒の襲撃から守られたのです。ただ十五人の中の四人は、性病や発疹チフスにかかり、帰国できないまま命を落としました。

集団自決をする開拓団が相次ぐ中で、総員六六二人の開拓団のうち四五一人が生きて帰れたのは、まさに彼女たちの犠牲のおかげだったと言っていいでしょう。

九十歳近い高齢になりながら、七十年間も封印してきた辛い記憶を、よくぞ語り継ぐ気持ちになってくれたと思います。

痛みを相続する

それにしても、彼女たちは、その辛い記憶をなぜ封印してきたのでしょうか。

それは思い出したくもない辛い記憶だったからでしょう。しかし、思い出したくもないその「辛さ」が、じつはあの忌まわしい凌辱の「辛さ」だけではなかったからなのです。

本来なら土下座してでも感謝しなくてはならないはずの彼女たちの行為に対して、心ない中傷や差別的な言葉が仲間内でそこここでささやかれ、それが彼女たちにも感じられたからでした。

そうした言葉は、じつは辛い「接待」が行《おこな》われている当時から、すでに囁かれていたといいます。ほかの女性の身代わりで「接待」の回数が多くなった女性が、仲間の男たちから「〇〇さんは好きだなー」とからかわれたり、国に帰ってからも「(体を提供しても) 減るもんじゃなし」などと言われたりしたといいます。

これらの言葉は、凌辱の体験以上にどれほど彼女たちの心と体を傷つけたでしょう。そして、「露助（ソ連兵）のおもちゃになった人」「汚れた女」といった秘かなレッテル貼りが、人びとの間に根強く残っていたのです。

この「接待」の事実は、女性たちの将来のためにも良くない、団の恥でもあるとして、開拓団もひた隠しにしてきました。昭和五十八年には、「接待」のことが実名を伏せて雑誌「宝石」に書かれましたが、地元の書店では人目に触れないよう、開拓団関係者によって買い占められたといいます。

このように、彼女たちが「辛い記憶」を封印してきたのは、あの忌まわしい体験を忘れたかっただけでなく、それ以上に、いわれなき中傷や差別という「辛い体験」を思い出したくなかったからでしょう。

そこに開拓団としての意向も働き、事実は封印されてきたのでした。しかし、そこで声を上げた女性がいます。

女性たちも高齢になって次々と世を去り、このままでは自分たちの身を挺した体験が埋もれてしまうと、考えたのでしょうか。

前項でも触れたリーダー的な存在だった女性が、「このままあの事実をなかったことにはできない」と立ち上がり、昭和五十六年に、現地で亡くなった四人の女性を慰霊する「乙女の碑」が建てられました。

碑は高さ一・三メートルの観音石像で、左手に願いをかなえる宝珠、右手に音を出して道の害を払う錫杖をもち、優しい眼差しで前方を見ています。

そして二〇一八年十一月、四〇〇〇字を超える詳細な碑文がパネルに記され、「乙女の碑」の脇に建てられました。

「乙女の碑」を建てたリーダー格の女性は、碑文の完成を見ないまま、九十一歳で亡くなりました。しかし、彼女の願いの一部はやっとかなえられたと言ってもいいでしょう。

彼女たちの語り継ぎの決意は、ようやく実りはじめているようですが、遺族たちにとっては依然として、釈然としない思いが残ります。経緯を示す碑文は立派なものができましたが、そこには十五人の乙女の名は一人も記されていません。「ひめゆりの塔」や「原爆の碑」には犠牲者の名が記されて、一人ひとりその尊い犠牲に敬意が払われています。

遺族の中には、開拓団の命を救うために尊い犠牲を払った彼女たちの名は、もっと誇りをもって語られていい、という人もいるようです。しかし、「誇り」というにはあまりに悲惨な体験です。私の願う語り継ぎによる「こころの相続」は、どのように語り伝えられるのでしょうか。

美しすぎる「許せない歌」

こうして、思い出したくない「辛い記憶」を語り継いだ事例を挙げてくると、私自身の個人的体験にも触れないわけにはいかないと思います。

私は北朝鮮で終戦を迎えたときのことで、長い間語ることも書くこともしないで封印してきた部分があります。

北朝鮮における混乱の日々の中で、私はある日の夕方、宿舎に帰ってゆくソ連兵たちの隊列と出会いました。

連中は自動小銃をだらしなく肩にかけ、重い足どりでのろのろと歩いてゆきます。服装は粗末を通りこしてボロ布にちかく、どう見ても物乞いの集団としか思えない一団でした。

その隊列のなかのいく人かが、突然、大きな声で歌をうたいだしました。すぐに何人かが加わり、たちまち全員がそれに和して歌声が大きくなりました。

なんという歌声だったことか！

それは私がかつて聴いたことのない合唱《コーラス》でした。胸の底から響くような低音。金管楽器のような高く澄んだ声。いや、声を通りこして心に響いてくる何か奥深いもの。

後で考えてみれば、彼らの中にはロシア正教の教会音楽の伝統があり、社会主義国家になってもそれは生きつづけています。讃美歌とかゴスペルソングといった歌の環境が幼いころからあって、誰かがメロディを歌うとすぐそれに和音を付け、ベースで応じる三部合唱、四部合唱などはお手のものなのでした。

これまで少年の私たちは、常に声を合わせてうたう斉唱の歌しか知りませんでした。ハーモニーというものに接したことがなかったのです。

そのときの私は、初めて聞くその歌声に体がしびれたようになって、その場にたちすくみました。隊列はたそがれの街を少しずつ遠ざかってゆきます。

私はあたりが暗くなっても、まだその場を動けないでいました。頭の中でえたいのしれない混乱と疑問が渦巻いて、いまにも卒倒しそうな感じでした。地面にひざまずいて祈りたいと感じました。そして同時に、

こんなことがあっていいのか！

と大声で叫びたい気持ちでもありました。そして、おれは絶対許さないぞ、と心の中で繰り返しました。

こんなことは認められない、と、私は感じたのです。

美しい歌は美しい心から生まれるはず。

毎晩のように女たちを連れさりにくるケダモノたちが、こんな美しい歌をうたうことができるのなら、おれは絶対に歌なんて許さないぞ、と。たぶん、私の心は悲鳴をあげていたのだろうと思います。

あの日、少年の私が感じたことは、それほど筋道だったものではありません。実際には混乱した感情の中で、ケダモノがどうしてあんな美しい歌をうたえるんだ、と、打ちのめされただけの話だろうと思います。

しかし、その記憶は、いまだに消えないこだわりとなって、後の作品にも影を投じています。『海を見ていたジョニー』（初出一九六七年のち講談社文庫）では、すばらしいジャズを弾いていた黒人ピアニストが、ベトナム戦争で罪のない人間を殺してきた体験のために、ピアノを弾けなくなってしまう話を書きました。そして彼にこう語らせました。

「ジャズは人間だ。良い人間だけが、他人を感動させるピアノを弾ける」

しかし、そう信じていた主人公は自ら死を選びます。前に紹介した『風の柩』の「おわら風の盆」の歌い手が、やはり戦争での残虐行為が元になって、歌をやめてしまったエピソードもこれに通じるものがあるのかもしれません。

このこだわりは、私のロシア民謡に対するルールにもなりました。私はある断念を誓ったのです。歌をして抒情の域にとどめせしめよ、というのがその決心です。そこから一歩も踏みいるまい、と、きめたのです。

かつて〈うたごえ喫茶〉のブームがあった時代も、学生の私はついに一度もその種の店に足を踏みいれたことがありませんでした。いろんなロシアの歌を愛唱することはありましたが、それはあくまで抒情の小道具として愛したにすぎない。そういう屈折した形でしか、私の復讐ははたせなかったのです。

のちに私が大学のロシア文学科を受験したいと言ったとき、父親はひとこと、

「ソ連はかあさんの敵《かたき》だぞ」

と、短く言いました。

じつはこのソ連兵の歌のことを最初に書いたのは戦後四十七年目で、まだ母親のことを書く気になれないでいたころでした。

私が相続した「負の記憶」

自分は何も相続しなかった。引き揚げ以来、裸一貫で生きてきた。

私はずっとそう思っていました。

しかしモノだけが相続したものではないと考えると、まったく視野が変わってきます。

私は昭和七年に生まれました。一九三二年です。満州国が誕生し、五・一五事件という軍のテロが発生した年です。ヨーロッパではヒトラーが台頭し、上海では日中両軍が衝突しました。

やがて戦火は拡大し、私が五歳のときには日本軍が南京を占領します。

その日の夜、子どもの私は父に連れられて繁華街に出むきました。

街には花飾りやネオンをほどこした路面電車が走り、道路を埋めつくした大群集は、手に手に提灯をかかげて「万歳！　万歳！」と声を限りに叫んでいました。空には花火があがり、スピーカーからは軍歌が流れています。

マスコミのリードのもとに全国民が待ちに待った南京陥落の日です。

そんな時代に育った私たち世代は、さまざまな学習や教育を通じて、軍国主義の教育を叩き込まれました。

その記憶は戦後七十数年たっても消えることはありません。私は昭和前期という時代、戦争の時代の空気を相続したのです。

前にも述べましたが、音楽の時間には、モールス信号を教えられました。

また海洋少年団では、手旗信号を徹底的に叩きこまれました。

頭で憶えたものはすぐに忘れますが、体で記憶したものはなかなか消えません。

私はこの歳になっても、机に向かって原稿を書く合間に、ときどき立ちあがって手旗信号をやります。簡単な体操よりもよほど体をほぐしてくれます。「イ・ロ・ハ・ニ・ホ・ヘ・ト」と、両手を動かしていると、自然に肩の凝りもほぐれてきます。

考えてみますと、モールス信号も、手旗信号も、少年のころ私が相続した記憶そのものです。

考えてみると、私が時代から相続したものは数限りなくあることに気づきます。たとえば、ゲートルの巻き方などもそうです。ゲートルといっても最近はあまり通じない言葉かもしれません。

かつて陸軍の兵士は、ゲートルというものを脚に巻くことになっていました。英語が禁止になっていた時代ですから「巻脚絆《まききゃはん》」と呼んでいたと思います。

日本軍はドイツやアメリカ軍などとちがって、移動は基本的に行軍です。南方戦線で「銀輪《ぎんりん》部隊」などというのが脚光を浴びたことがありましたが、これは自転車で移動転戦する部隊でした。

行軍は何十キロという装備を背負い、銃器をかついで徒歩で行います。そのための足固めがゲートルでした。起床して整列するまでの短い時間に準備をととのえなければなりません。

しかしこのゲートルを両脚に巻くのは、なかなか慣れが必要でした。巻きつけるだけでは行軍の途中でほどけてしまう。そうならないように巻き返しを入れたりして、きっちり巻けるようになれば一人前の兵隊です。

私たち中学生も、教練の時間にこのゲートル巻きを叩き込まれました。

私はどういうわけか、このゲートルを巻くことが性に合っていたようで、他の生徒たちよりうんと早く、しっかり巻くことができたのです。

今にしてみれば何の役にも立たない特技です。しかし、モールス信号や手旗などと同じように、戦後七十余年を経てもいまだに身についた記憶です。これも戦争の時代から私が相続した「負の記憶」といっていいかもしれません。

そのほか考えてみると、家庭、学校、時代などから実に多くのものを相続していることに気がつきます。

たとえば、正座などというのもその一つでしょう。

父が武道家だったこともあって、私も小学生の頃から剣道をやっていました。夏休みには夏稽古、冬は寒稽古、早朝の朝稽古など、当時は徹底的に仕込まれたものです。そのために道場で正座する習慣が子どものころから身についていて、今でも風呂の中で無意識に正座したりします。

時代や国家や民族などから相続したものをあげてみればきりがありません。しかし、ここでは身近で個人的な相続について考えてみたいと思います。

家族からの見えない相続

この歳になって「後悔」などと言い出せば、笑われるにちがいありません。「後悔先にたたず」とは、よく言ったものです。

最近、つくづく思うことの一つは、両親のことです。私の両親は、ともに早く世を去りました。母が四十代、父が五十代で人生を終えています。

そのために私は、両親から昔の思い出話をほとんど聞く機会がないままに暮らしてきました。

父も母も、自分が人生の後年期に長生きしていたら、たぶんいろんな昔話をしてくれただろう。その機会を持たなかったことを、いまになってつくづく残念に思うのです。

私は自分の父親がどの時代に生まれたのかを正確には知りません。以前、なにかの折に戸籍抄本《こせきしょうほん》かなにかを見たことがありました。しかし、そのときは特別な興味もなく見過ごしてしまったのです。

どんな少年時代を過ごしたのか、そしてどのように郷里を出て、どんなふうに進学したのか。

私の父は福岡の小倉師範学校の出身です。その学校を選んだのはなぜか、そしてどのような学生生活を送ったのか、私はほとんど知ることがありません。

前にも述べましたが、以前、父の師範学校の後輩だったという人物に少し話をうかがったことがあった。学研のオーナーだった古岡秀人氏です。

彼の話では、父は剣道の選手で、古岡氏は父と一時期、同居していたことがあったと言います。

彼の話では尾崎士郎の『人生劇場』の中に出てくる師範学校生徒との喧嘩は、自分たちがモデルになったのだという。事実はともかく、何か学生時代に小倉の街で新聞ダネになるような事件を起こしたことがあったらしい。

聞くところによると、父親は学生時代、剣道の有段者として鳴らしたものだという。話半分としても、後年、父親は武徳会の役員だったことがあったそうです。

また、小学生の私に鉄棒の体操を教えるため、実演して見せてくれたことがあります。すでに中年になっていたにもかかわらず、大車輪を試みようとして失敗し、「学生時代は軽々とやってのけてたんだけどな」と残念そうに呟《つぶや》いたことがあったのを憶えているのです。

しかし、私は彼が青年時代に、どのような本を読み、どのような将来を夢みていたか、また、卒業後、どこの学校に奉職したかをまったく知らない。それだけではありません。すべてのことについてほとんど何も知らないのです。

私は子どものころも、そして少年時代も、ほとんど宗教というものに関心がありませんでした。

昭和の前期、戦争の時代には当然のように上御一人《かみごいちにん》に礼拝し、神社に参拝するのが国民の義務でした。しかしそこには宗教という意識はほとんどなかったといっていい。

しかし、中学生のころ、母親からこんなことを言われた記憶が残っています。

「ヒロちゃんは変な子だったよね」

と、母は笑いながら言ったのです。

「私たちがお仏壇の前で正信偈《しょうしんげ》を唱えていると、うしろのほうで、それに合わせてタコ踊りみたいな踊りを勝手に踊ってたのよ」

前に述べたように、正信偈とは真宗の家でおつとめの際にとなえる文句です。七七七のリズムで、要するに信心の歌なのです。偈《ゲ》とは詩文としてまとめられた経典のようなもの。

〽キーミョームーリョー　ジューニョーラーイ　ナームフカーシギコー

という文句を記憶されている方も多いことでしょう。親鸞が編んで蓮如が儀式化した信心の歌唱です。

自分ではまったく記憶がありませんが、幼児のころにその歌のリズムに合わせて踊っていたと言われて、そうか、それも一つの相続したものかな、と思ったものです。

「こころの相続」のすすめ

以前、テレビを見ていたら若いカップルが語り合っている番組がありました。神田伯山を相続した、いまもっとも注目されている若い講釈師と、滝沢カレンという女性が、ジョークをまじえて語り合っていたのですが、なにかの話題でラーメンがスタジオに運ばれてきたのです。それを二人が味見するという趣向でした。

箸をとる際に、二人がごく自然にちょっと手を合わせるしぐさをしました。

それがほとんど無意識の動作と見える自然な反応だったので、なるほど、と感心したのです。

食事の前に手を合わせるのは、昔からの私たちの習慣です。特に宗教的な形式というより、家庭での当たり前の行儀でした。

しかし、いまはそんな行儀もすたれて、ほとんど見かけなくなってしまったのですが、若い二人の出演者が、ひょいとごく自然に手を合わせて箸をとったのを見て、感慨を覚えました。フィジカルなアクションが相続されていると感じたのです。

おそらく子どものころから家庭でそんなしぐさが行われていたのでしょう。さりげないしぐさだけに、感じるところが多かったのです。

私は両親からいろんな話を聞く前に別れました。今にして思えば痛恨のきわみです。彼らがあと二十年長生きしていてくれれば、そういう機会もあったかもしれません。

私は若い人たちや、まだ親が元気な人たちに心からすすめたいと思っています。

親からいろんな話を聴いておこう。

それが目に見えない貴重な相続となるのですから。

あとがき

こうしてみてくると「こころの相続」は、人間の「生き方」を示唆するものが多いようです。小さな癖《くせ》とかマナーなどの問題から日本特有の伝統まで、無意識に受け継いでいるものがたくさんあります。

無意識に受け継いでいるものは、記憶力が落ちても、あるいは言葉で伝えられなくても、相続されていくものではあるでしょう。しかし、相続をより一層、確実なものにするためには、やはり、何度も語り継いで、意識化することが大事です。

たとえば、死んだ父親が、お酒を飲むとき必ずうたってくれた歌があったとします。それを思い出して、その歌をうたうときの癖やしぐさを思い出せば、それがそのまま自分の癖やしぐさになっていることに気づくでしょう。

自分は、ずいぶんたくさんのものを受け継いだものだ、と思えるはずです。

周囲を見渡しても、「自分は親や周囲からたくさんのものを受け継いだ」とはっきり言う人はあまりいない。大抵の人は、

「自分は大したものをもらっていない」

「ほとんど何にも相続していなかった」

などと言います。

しかし、じつは人は誰でも有形無形の形で、いろいろな相続をしているのです。

さらに相続しようとさえ思えば、いくらでも相続すべきものが出てくるのです。

自分の中でよく思い返してみると、

「そうか、これも、受け継いでいるなあ」

「ずいぶんたくさんあるな」

と、「生前贈与」をされた気分にひたることができるのではないでしょうか。

親御さんがご存命の方であれば、いまからでも遅くはありません。

無意識の相続を意識化することで、こころの相続財産を増やしていくのは意味のあることです。

以前もお話ししましたが、私の両親に対する記憶は、推測の域をでていないものがたくさんあります。私は、若い時代の両親の日本での生活がどんなものだったのかを知りません。物心ついたときは、両親と玄界灘を渡って、日本国に併合された朝鮮半島にいたのです。

しかし、私が聞きたいと望めば、その機会はおそらくあったはずとも思います。私に両親の話を聞く才覚がなかったということもあるでしょう。

そのことをとても残念に思うとき、語り継ぐ相手をもっている方は、自分たちの歩んだ道を、できるだけ多く語らなければならないと思います。

そして、もしまだ両親が健在だったら、彼らの話をたくさん聞いておくことです。また、子どもをおもちの方は、できるだけ多く、自分の昔の日々について子どもたちに語ることが大事です。

こころの相続が集まって、歴史は創られていきます。

個人の語りのない歴史書のなんと空虚で、偽りの多いことか。そのことを抜きにして歴史を語るのはナンセンスではないでしょうか。ああ、もっと父や母の若いころの話を聞いておけばよかった、と、改元の時代に改めてそう思うのです。

最後にこの新書を世に出すに当たって、編集を担当してくれた坂口惣一さんと、構成・監修の労をとって下さった福島茂喜さんに感謝したいと思います。

二〇二〇年

五木寛之

本書は二〇一九年の秋に行われた著者へのインタビューをもとに構成し、その後著者により大幅に加筆修正したものです。

著者略歴

五木寛之（いつき・ひろゆき）

1932年福岡県生まれ。朝鮮半島で幼少期を送り、47年引き揚げ。52年早稲田大学ロシア文学科入学。57年中退後、編集者、ルポライターを経て、66年『さらばモスクワ愚連隊』で小説現代新人賞、67年『蒼ざめた馬を見よ』で直木賞、76年『青春の門 筑豊篇』ほかで吉川英治文学賞、2010年『親鸞』で毎日出版文化賞特別賞。代表作に『朱鷺の墓』『戒厳令の夜』『風の王国』『蓮如』『大河の一滴』『百寺巡礼』など。英文版『TARIKI』は2001年度「BOOK OF THE YEAR」(スピリチュアル部門)に選ばれた。02年に菊池寛賞を受賞。09年にNHK放送文化賞を受賞。

SB新書 510

こころの相続《そうぞく》

2020年7月15日 初版第1刷発行

著　者 五木寛之

発行者 小川 淳

発行所 SBクリエイティブ株式会社
〒106-0032 東京都港区六本木2-4-5
電話：03-5549-1201（営業部）

企画協力 文芸企画
装　幀 長坂勇司（nagasaka design）
本文デザイン 松好那名
本文DTP 荒木香樹／システムタンク（白石知美）
校　正 鷗来堂
構　成 福島茂喜
編　集 坂口惣一
印刷・製本 大日本印刷株式会社

本書をお読みになったご意見・ご感想を下記URL、
または左記QRコードよりお寄せください。

https://isbn2.sbcr.jp/04011/

落丁本、乱丁本は小社営業部にてお取り替えいたします。定価はカバーに記載されております。本書の内容に関するご質問等は、小社学芸書籍編集部まで必ず書面にてご連絡いただきますようお願いいたします。

ISBN 978-4-8156-0401-1